人形女王の婿取り事情
～愛されているとは思ってもいませんでした。

イチニ

イースト・プレス

contents

序章 005

第一章 再会 010

第二章 賭け 063

第三章 近づく距離 090

第四章 結婚 157

第五章 恋情 236

終章 312

あとがき 316

序章

その日は雲ひとつない晴天だった。

風もなく、生い茂った落葉樹のざわめきも聞こえない。

近年稀《まれ》に見る最大級の嵐がレハール王国を蹂躙《じゅうりん》してから、五日。辺りはすっかり静けさを取り戻していた。

「陛下」

穏やかな風景を黒のベール越しに眺めていると、司祭に呼ばれた。

司祭が差し出す細長い木箱の中には、白百合が入っている。

ディアナは白百合を一本、手に取った。そして数歩先にある大きな穴に白百合を放る。

白百合は黒い棺《ひつぎ》の上に、ひそかな音を立てて落ちた。

本来ならば最期の別れとして、故人の傍《かたわ》らに白百合を置くのが習わしだ。しかし遺体の損傷が激しかったため、棺の蓋《ふた》は開けられなかった。

（本当に、あの中にニコラウスがいるのだろうか……）

見ないほうがよいと言われたため、ディアナは亡くなったニコラウスの姿を見ていない。身体の裂傷《れっしょう》は激しかったが、奇跡的に顔半分は無傷だったらしく、祖父や宰相、臣下たちにより遺体はニコラウスだと確認されていた。多くの者たちが見たのだから、棺の中にいるのはニコラウスで間違いないのだろう。けれど自身の目で確認していないせいか、ディアナはニコラウスの死を実感できずにいた。

司祭が死者への祈りの言葉を口にし、男たちが棺に土をかけていく。参列者からすすり泣く声が聞こえ始め、ディアナは彼らに視線を向けた。神妙な面持ちの臣下たちがいる。その後ろに並ぶ貴族たちの中には、嫌悪感や苛立ち、嘲《あざけ》りを隠せずにいる者もいた。憔悴《しょうすい》しきった様子で項垂《うなだ》れているのは、ディアナの祖父ボーレン侯爵だ。その隣では、祖母の侯爵夫人が白いハンカチーフで目頭を押さえていた。

ニコラウスの母がむせび泣いている。そしてその斜め前に、多くの参列者の中で、一際感情を露《あら》わにしている女性がいた。レースがふんだんにあしらわれた豪奢《ごうしゃ》な喪服姿の女性は、一人で立っていられないのか、侍女に両脇を支えられている。

ベール越しに目が合いそうになり、ディアナは視線を逸《そ》らした。もめ事を起こしたくないがゆえの行為だったが、ディアナのその態度は彼女の怒りを煽《あお》ったらしい。

侍女の手を振り払い、彼女――ディアナの母マルグリットがこちらへと歩み寄ってくる。

周りの者たちが止めるより先に、マルグリットの手がディアナのベールを摑《つか》んだ。

黒いベールが剝《は》ぎ取られ、周囲の色が鮮《あざ》やかになる。

「……夫が死んだというのに涙ひとつこぼしていないなんて！　なんて冷たい子なのっ！　あなたが、あなたがっ、ニコラウスを死に追いやったのよっ！」

目を真っ赤にしたマルグリットが、ディアナに摑みかかってくる。

「マルグリット様、おやめください」

警護兵が二人の間に割って入る。ディアナへ苛立ちをぶつけられなくなったマルグリットは、しゃくり上げながら泣きじゃくり始めた。

「ああっ……ニコラウスぅぅ」

「王太后陛下はご心痛で錯乱しておられる。中でお休みいただきましょう」

号泣する母に圧倒され呆然としているディアナの代わりに、宰相が場を収める。

「ううっ……ニコラウス、ニコラウスっ……」

マルグリットは兵たちに付き添われ、大聖堂の中へと連れていかれた。

「……陛下、御髪《おぐし》が……」

ホッと胸を撫《な》で下ろしていると、侍女が気遣わしげにディアナに声をかけてきた。

乱暴にベールを剝ぎ取られたせいで、結っていた髪が解けてしまっていた。

ディアナの髪は長く、腰辺りまである。

いつもきっちりまとめている髪を乱したままでいるのは落ち着かない。しかし、結い直すために葬儀の進行を遅らせるわけにはいかなかった。

「かまいません。続けてください」

感情を昂《たか》ぶらせたマルグリットの振る舞いのせいで、祈りの言葉は中断されてしまっていた。ディアナは続けてくれるよう、司祭に視線を向け促す。司祭は頷《うなず》き再び祈りの言葉を口にする。それを合図に、手を止めていた男たちが再び棺に土をかけ始めた。

黒い棺と白百合が、土の中に消えていく。参列者たちの好奇と嘲笑の視線を感じながら、ディアナは表情ひとつ変えず、夫が土に埋まるのを見つめていた。


葬儀を終えて参列者が去っても、ディアナはしばらくその場から動けずにいた。

ニコラウスと結婚したのは五年前だ。まさかこんな急に永遠の別れが訪れるとは、想像もしていなかった。

驚いている。ニコラウスが亡くなったなど信じがたい。突然の死別に戸惑っていた。けれど……悲しんでいるとはいえなかった。いくら待っても涙など出てくる気配がない。そんな自分は、母の言ったとおり『冷たい子』なのだろう。

(もしも私が夫婦として良好な関係を築けていたのなら……ニコラウスの死を、嘆《なげ》き悲し

んでいたのだろうか）

　先ほど、人目を憚《はばか》らず取り乱していた母のように――。

　ディアナは取り乱している自分が想像できなかった。

　空がかげる。仰ぐと、太陽が先ほどまではなかった雲に覆われていた。

　ディアナは一度目を伏せたあと、「戻ります」と抑揚のない声で背後に控えていた警護兵たちに告げる。王宮に戻るため馬車へ向かおうと歩き始めたディアナは、数歩先に長身の男性がいるのに気づき足を止めた。

　すらりとした黒髪の男だった。参列者の中にはいなかった。いたらすぐに気づいたはずだ。男は黒の喪服ではなく、紺色の紳士服を着ていた。

　それに――男の端正な面立ちには、見覚えがあった。

　ディアナがじっと見つめていると、男は薄く笑みながら近づいてきた。

「お久しぶりです。ディアナ様。いえ今は、ディアナ陛下と呼ばねばなりませんね」

　低く、よく通る声で男が言う。耳に馴染《なじ》むその声音《こわね》に、ディアナの心が軋《きし》んだ。

「お元気そうで何よりです。ハインツ・キッテル」

　五年ぶりに会う男を前に、ディアナは激しく動揺していた。しかしおくびにも出さず、ディアナは無表情でそう返した。

第一章　再会

大陸のほぼ中央に位置するレハール王国は、穏やかな気候に恵まれ豊かな土壌を持つ農業国である。かつては領土を巡り諍《いさか》いが絶えなかったが、二百年前に周辺諸国と同盟を結んでからは貿易が盛んになり、国も民も年々豊かになっていった。

ディアナはレハール王国を治めるシュトイデ王家の王女だ。五年前、父であるモント王が流行病で亡くなったため、十五歳という若さで王位を継ぎ女王になった。

レハール王国では王位継承権は男子が優先される。

若いうえに女性であるディアナの即位に反対する声もあったが、弟のフロリアンは当時まだ母マルグリットの腹の中。先王に兄弟はなく、ディアナの他に王位継承者はいなかった。そのため十五歳のディアナがレハール建国以来初の女王となったのだ。

若い女王を支えるため、母方の祖父ボーレン侯爵がディアナの後見人になり、王配には母の従兄弟、ニコラウスが選ばれた。

戴冠式と婚儀を終え、ディアナ・シュトイデはレハール王国の君主となったのだが――。

『人形女王』

半年ほど経《た》った頃から、ディアナは臣下や民から、そう呼ばれるようになる。

銀色の長い髪に、青い瞳。同年代の少女たちよりも背が低く、肉付きも悪い。肌は石膏のごとく青白く、表情が乏しいディアナの姿が、作り物のように見えたためだ。

そして容姿だけでなく、人形と称されたのにはもうひとつ理由があった。

ディアナの即位をきっかけに、後見人であるボーレン侯爵が議会で権勢を振るうようになっていったからである。

『人形』という言葉の中には、『傀儡《かいらい》』という嘲りが含まれていた。

◆◇◆

レハール王国を襲った嵐は、多くの民の命と安寧《あんねい》を奪い去った。

ディアナは執務室で、宰相のキッテル伯爵から、嵐による被害状況について報告を受けていた。想像以上に大きな被害である。ディアナは心の中で重い息を吐き、民のために何かできないか考え、思いついた案を口にした。

「王家が所有する城がありますよね。そこを避難所として開放できないでしょうか？」

嵐による被害がもっとも大きかった領地には、先々代のレハール王が身体の弱かった王妃の療養のために建設した城がある。

湖畔に佇《たたず》む白亜の城は美しい。老朽化が進んでいたが、物見遊山でその城を訪れたニコラウスが気に入り、多額の国費を使い改修をすませたばかりだ。ニコラウス好みに改修したとはいえ、避難所として充分使えるはずだ。

ディアナの提案にキッテル伯爵は一瞬驚いたものの、すぐに頷く。

「良案です。……一部の者から反対の声が上がるやもしれませんが」

キッテル伯爵は苦笑を浮かべる。ニコラウスはその城をボーレン家で管理する予定だった。反対するとしたら、ボーレン家の者たちだろう。

「……一部の者以外は支持してくれるでしょうか？」

ディアナが問うと、キッテル伯爵は「おそらく」と答えた。

不安はあるものの、ディアナはその答えに安堵する。

即位してからの五年間、ボーレン家とその派閥の者たちにとって、ディアナは都合のよい『人形』であった。綺麗に飾り立て玉座に座らせ、表向きは女王として崇めながら、彼らはディアナの意思を認めなかった。

物心ついた頃から王族として厳しく教育されてきたディアナは、ボーレン侯爵家が政権を掌握《しょうあく》している状況が、国と民のためにならないことをよく理解していた。

しかし祖父である老獪《ろうかい》なボーレン侯爵や、社交界で強い影響力を持つ母マルグリット、要領がよく快活な王配ニコラウスを相手に渡り合えるほどの経験はディアナにはなく、いつも上手く丸め込まれてしまっていた。

何かをしようとすると、先回りされディアナの意見は封じられてしまう。

立ち向かうことさえままならず、自身の無力さに途方に暮れているうちに、ボーレン公爵家の権勢は増し、議会では彼らの都合のよい法案ばかりが通っていく。

キッテル伯爵をはじめ中立を保つ者もいたが、多くの臣下たちはボーレン家を恐れて媚びへつらった。

善き王でありたいという気概は日に日に薄れ、ディアナはかたちだけの女王という立場に甘んじるようになっていた。

しかし――状況は一変した。

事の始まりは三ヶ月ほど前。ボーレン侯爵家が営んでいる貿易商会が、事業への投資で大きな損失を出したのがきっかけだった。損失の補填のためボーレン家が国庫金を横領していると噂《うわさ》が立ち、さらには怪文書まで出回り始めたのだ。

怪文書をただの噂だと放置するには横領についてあまりにも詳細に書かれており、キッテル伯爵と中立の臣下たちの主導で調査が開始された。

調査を始めてすぐ王配ニコラウスが国庫金横領をしていた証拠が見つかったものの、ボーレン家に握りつぶされてしまう。証拠を失ったせいで横領の責任を追及できずにいたが……王都の外れにある礼拝堂近くの崖下から、ニコラウスの遺体が発見されたことで流れが変わる。

横領の経緯と罪を犯した後悔を記したニコラウスの手記が礼拝堂に残されていたのだ。ニコラウスは己の罪を懺悔《ざんげ》するために礼拝堂を訪れたが、嵐のため司祭は不在。罪の重さを自覚し、思い詰めたニコラウスは近くの崖から身を投げて『自死』した――らしい。

国庫金の横領は重罪だ。たとえ王配であっても、罪人として裁かれることになる。悔《く》いたニコラウスは自ら命を絶ち償ったのだと、彼の手記と状況からそう判断された。

けれどディアナは、ニコラウスが罪を悔い自死したと未だに信じられずにいる。

ニコラウスが己の罪を悔い、命を絶《た》つような性格ではなかったからだ。

外面がよく、朗《ほが》らかな雰囲気を演出していたが、本来の彼は高慢で自己中心的。そのうえ、自己保身にも長《た》けていた。罪を償うよりも誰かに押しつける選択をする。ディアナの知るニコラウスは、そういう人物だった。

だが、自死ではないという明確な証拠があるわけではない。

事故だったのか、事件に巻き込まれたのか。それともニコラウスにディアナが知らぬ一面があり、やはり罪を悔いての自死だったのか。真実はわからぬままだ。

ディアナはこの五年間の日々を思い返す。

罪を犯した夫ニコラウスを、ディアナは恨んではいない。

ディアナを駒としてしか見ていない祖父のボーレン侯爵、ディアナを疎《うと》み嫌っている母マルグリット、人形女王だと嘲るボーレン家派閥の貴族たちに対しても恨みはなかった。

ディアナはただ彼らに抗えず、諾諾《だくだく》と人形のままでいた自身を恥じていた。

（このまま『人形』の日々が続くのだと思っていたのだけれど……）

皮肉なことにニコラウスの死は、議会からボーレン家と派閥の者たちを排除できる絶好の機会になった。横領はニコラウス単独で行われ、自分は一切関わっていないとボーレン侯爵は主張しているが、貿易商会の投資の失敗が国庫金に手をつける発端になったと手記に記されている以上、無関係を貫くのは難しい。

ニコラウスが王配であるがゆえに、彼の横領はディアナにとっても痛手だ。それに議会を意のままにしていたボーレン侯爵が失脚したからといって、ディアナは五年間、ただ玉座に座っていただけの『人形女王』である。民や臣下は、信頼どころか期待すらしていないだろう。

「私では心許ないと、不安に思う者ばかりでしょう。どうか力を貸してください」

ディアナは頭を下げた。

「頭をお上げください、陛下。あなたが苦しんでいるのを知っていながら、ボーレン侯爵家の圧力に屈し、何もできなかった。不甲斐ないのは私たち臣下です」

キッテル家は代々宰相を務め続けている優秀な一族だ。現伯爵家当主である彼も優秀で、民から人気があり臣下の信頼も厚い。

ディアナの父モント王の臣下であり、友人でもあった彼は、ボーレン侯爵家に圧力をかけられながらも、亡くなった父王に頼まれたからと、宰相としてディアナを傍《そば》で支え続けてくれた。

「レハール王国と民のために、ともにこの難事を乗り越えましょう」

元気づけるように微笑《ほほえ》むキッテル伯爵にディアナは真面目な顔で頷いた。

嵐による被害状況の報告を終え、キッテル伯爵は部屋を退出しようとする。ディアナは少し迷ったが、彼を引き留めた。

「……ご子息が帰国されたのですね」

「ええ。半年前に帰国することが決まっていたのですが、ようやく先日、遊学から戻ってまいりました。後日、陛下に帰国のご挨拶に伺うかと思います」

「いえ……帰国の報告はすでに本人から受けました」

ニコラウスの葬儀後、ディアナはハインツ・キッテルに再会した。ハインツはキッテル伯爵の一人息子だ。彼が遊学のためレハール王国を発ったのは、五年前になる。

『勉学を終えて戻ってまいりました』

ハインツは朗らかな様子で、そう口にした。ディアナは彼の言葉に『そうですか』と頷いただけですぐにその場を離れたが、なぜ帰国をしたのかが気になっていた。もう彼は戻って来ない、戻って来るとしてももっと先だろうとディアナは思っていた。

「ご挨拶は、陛下が落ち着いてからするように言っておいたのですが……。帰国できる日を待ちわびていたので、浮かれたのでしょう」

キッテル伯爵は苦笑いをこぼす。

「…………ご子息は、セザム国の国風が合っているだろうと思っていました」

ハインツが遊学したセザム国は多民族で構成されているからか、民の気質が大らかだった。また身分差もなく、国の代表は血統ではなく、民意によって選ばれている。

セザム国と比較すれば、レハール王国は閉鎖的で自由がない。

「ハインツはああ見えて堅苦しいところがありますから」

ディアナの知るハインツは、ざっくばらんで少々軽薄だった。ディアナに対する態度と、肉親に見せる姿は違うのだろう。

「息子が帰国し、安堵しております。ハインツも、微力ながら陛下を支える気持ちでおりますので」

「そうですか。ありがとうございます」

ディアナは僅《わず》かに目を伏せ、そう答えた。

執務室で明日予定されている議会の準備を進めていたディアナは、午後になり過去にあった災害について記された文献に目を通すため、侍女を連れて王宮の書庫へと向かった。書庫は広大な庭を抜けた先にある。回廊から庭に下りたところで、騒がしげな声が聞こえてきた。ディアナは足を止め、声がするほうに目を向けた。

「危のうございます」

侍女の案じる声を無視し、小さな子どもが庭を駆けている。

「フロリアン殿下!」

やんわりと注意していた侍女が、ディアナが回廊にいることに気づき慌てて子どもの名を呼んだ。しかし制止する侍女の声に驚いた子どもは、向かう方向を回廊へと変える。ディアナの存在に気づかぬまま、突っ込んできた。突然身体に受けた衝撃に驚きながらも、子どもが転ばぬよう足を踏ん張って支え、ディアナは小さな肩を抱いた。

「……フロリアン。走るときは気をつけねばなりません」

ディアナは、自身の腰の高さにある茶色い頭を見下ろした。

子どもが顔を上げる。髪と同色の双眸《そうぼう》がディアナを映した。

「あねうえ?」

舌足らずな声がディアナを呼ぶ。

「陛下。申し訳ございません。殿下、さあ」

侍女がフロリアンの腕を摑み、ディアナから引き剝がす。けれど、フロリアンはその場を離れようとする侍女の手を振り払い、ディアナに満面の微笑みを向けた。

「あねうえ、いっしょにあそびましょう」

フロリアンはディアナの弟だ。もうすぐ五歳になる。

父のモント王が亡くなったとき、フロリアンはまだ生まれていなかった。母マルグリットの懐妊がわかったのは、モント王が亡くなったあとだ。

ディアナを産んでから十五年経ち、ようやく授かった男児。そして父の忘れ形見でもあるフロリアンを、母は猫可愛がりしていた。

ディアナにもしものことがあれば、次の王はフロリアンである。

蝶よ花よと、甘やかされ育てられているフロリアンに、相応の教育を受けさせるべきだと考え、母に意見をしたことがあった。ディアナは五歳の頃にはすでに王族として、厳しい教育を受けていた。その経験からの言葉だったが、マルグリットは『あなたとこの子は違うの』と、ディアナの意見に耳を貸さなかった。

（幼少期を勉強漬けで過ごすのは、確かに憐《あわ》れかもしれない……）

ディアナは己の考えを押しつけようとしてしまったと反省した。

しかしそれ以来、もともと自分に対し当たりが強かったマルグリットの態度は、さらに辛辣《しんらつ》さを増していき、ディアナがフロリアンに近寄ることすら嫌がるようになった。

そのためフロリアンと顔を合わせ、こうして会話をするのもずいぶん久しぶりである。

だというのにディアナを姉として、慕ってくれている。無邪気に話しかけてくる年の離れた弟に、ディアナの心は弾《はず》んだ。

けれどもディアナの心とはうらはらに、姉弟を見る侍女たちの眼差しは不安げだ。

フロリアンをディアナに会わせるなと、母から命じられているのであろう。侍女たちは、姉弟が会ったことが母に知られ、叱責《しっせき》されるのを恐れているようだった。

そんな状況で『いっしょにあそぶ』など、以《もっ》ての外《ほか》である。

「姉上は忙しいのです。一緒には遊べません」

「あねうえがいそがしくなるの、待ちます。いつ、いそがしくなくなりますか」

「いつ……いつと訊《き》かれても困ります」

弟との時間が取れぬほど多忙なわけではない。母に侍女たちが叱責されるだろうから、ディアナがフロリアンと一緒に遊べないだけだ。そう正直に説明するわけにもいかないので、多忙を断りの理由に使った。いつと問われても、答えなどない。

「いつも、いそがしい？　ぼく、あねうえのおてつだいをします！」

「お手伝いは、いりません」

いずれは弟に政務を任せる日が来るだろう。だが弟は五歳だ。今はまだ早すぎる。

「あねうえ、ぼくのことがきらいですか」

「嫌いではありません」

「きらいでないなら、あねうえ、いっしょにあそんでください」

「姉上は忙しいので、一緒には遊べません」

「いそがしくなくなるのをまちます。いつ、いそがしくなくなりますか？」

いつと言われても困る、と答えかけ、会話が戻っているのに気づく。

愛らしく訴えかけてくる弟をどうやって納得させようかと考えあぐねていると、ふはっ、と息を吐く音がした。音がしたほうを見ると、いつからそこにいたのか長身の男がディアナの侍女の横に立っていた。男は口元を押さえ、肩を震わせ笑っている。

仕立てのよい紳士服に黒髪黒目の端正な顔立ちの男性――ハインツ・キッテルだった。

「何がおかしいのですか？」

ディアナが冷ややかな眼差しを向けると、ハインツは口元から手を放し、取り繕うように穏やかな笑みを浮かべた。

「……失礼。お二人があまりにも可愛らしかったので」

可愛いとなぜ笑うのか。ディアナは意味がわからなかった。

ハインツは大股で近づいてくると、フロリアンの前で腰を屈《かが》めた。

「フロリアン殿下。はじめまして。ハインツと申します」

「はじめまして」

「殿下。殿下は、ずっとここで遊んでいてもよいのですか？」

「いいえ。すこしだけです。おひるねまで。それまでにもどらないと、ははうえにおこられます」

「ならば、陛下……姉上のお手伝いをしている時間はないのではありませんか？」

「……はい」

「殿下がお母上との約束を破れば、みんなが困ってしまいますよ」

フロリアンはハッと周囲にいる侍女たちを見回す。しょんぼりした表情でディアナを見上げ「あねうえ、いっしょにはあそべません。ごめんなさい」と言った。

「かまいません。……フロリアン、母上はお元気ですか？」

「ははうえ、げんきないです。ねてばかりです」

「そうですか」

ニコラウスの訃報に、母は昏倒したという。兄弟のいない母は、従兄弟のニコラウスを幼い頃から実弟のように可愛がっていたらしい。

葬儀のときの取り乱した母の姿を思い出し、ディアナは心の中で溜め息を吐いた。

「あねうえ、さようなら」

フロリアンはぺこりと頭を下げ、侍女たちに連れられて去っていった。

「愛らしい弟君ですね」

小さな弟の後ろ姿を見送っていると、ハインツが姿勢を正してそう言った。

（本当に、愛らしい……）

フロリアンと顔を合わせるのは国の行事のときだけ。だが行事には母も当然同席しているため、弟と会話を交わす機会はほとんどない。こうして偶然に会ったときに話すくらいである。だというのに『あねうえ』と自分を呼んでくれる弟が可愛い。しかし……そのフロリアンの無邪気さを、母が許し続けるとは思えなかった。

今は幼く無邪気な弟だが、いずれディアナへの接し方は変わっていくに違いない。

「陛下？」

目を伏せ、押し黙ったディアナにハインツが訝《いぶか》しげに声をかけてきた。

「子どもの扱いに慣れているのですね。感心いたしました」

己の不安を悟らせるわけにはいかない。ディアナは無表情でハインツを見上げた。

「弟や妹はおりませんが、父の付き添いで幼い頃から、よく孤児院に出入りしていましたからね。年下の子と触れ合う機会が多かったのです。……まあ感情の起伏がなく、真面目すぎる子どもの扱いには、少々手こずりましたが」

キッテル伯爵は慈善事業に熱心に取り組んでいた。ディアナもキッテル伯爵家が支援する孤児院に何度か足を運んだことがある。

フロリアンのように無邪気な子もいれば、恥ずかしがり屋の子もいる。中には、感情の起伏がない、真面目な……と思いかけ、ディアナはハインツの意味深な笑みに気づいた。

『やはり真面目なお方だなと思ったので』

ハインツにそう言われ、盛大に笑われた記憶がよみがえった。

フロリアンは五歳に満たない年齢だが、当時のディアナは十一歳。あの頃の自分は、もう子どもという年齢ではなかったはずだと、不愉快な気持ちになる。

ディアナは感情を表に出さない。だからといって、感情がないわけではなかった。

「先を急いでいますので」

「陛下お待ちください」

その場を立ち去ろうとしたディアナの前に、ハインツが立ち塞がった。

ハインツは五年前から背が高かった。身長はあの頃とそう変わらないが、体格は五年前よりがっしりした気がする。

ディアナは目線の先にある逞しい胸元から目を逸らし、ハインツを見上げた。

「少し、お話をしてもよろしいですか」

「話……?」

黒い瞳がまっすぐディアナを見下ろしている。真剣な眼差しだった。

「……わかりました。伺いましょう」

「二人きりで話したいので、人払いを」

「……………少し離れていてください」

ディアナが命じると、侍女が「陛下」と苦い顔をした。先月ディアナ付きになったばかりの若い侍女だ。ハインツの出自を知らないのかもしれない。

「彼は、キッテル伯爵のご子息です。私に危害を加えるような真似はしません」

「命に代えても陛下の安全は守りますのでご安心を。侍女殿」

ハインツは軽い口調でそう言うと、にっこりと侍女に微笑んでみせた。

「……そ、そうでございますか」

侍女は途端に頬《ほお》を赤らめ、もじもじと視線を揺らすと、命じたとおりディアナたちから距離を取った。あの位置ならば、小声で話せば侍女には聞こえないだろう。

「話とは何ですか？」

「フロリアン殿下は……王太后陛下似でしょうか。あまり陛下と似ておりませんね」

ディアナの容姿は父譲りだ。髪も目も父と同色で、顔立ちもよく似ていた。

フロリアンは茶色い髪と目で、面立ちに父の面影はない。どちらかといえば、髪と目の色こそ亜麻色《あまいろ》と茶色で若干違うが、母に似ていた。

(母というより……むしろ)

ディアナはそこで考えるのをやめる。

「それが話ですか？」

ディアナは抑揚《よくよう》のない声で訊《たず》ねる。ハインツは「いえ」と首を横に振った。

「これは、本題を話す前の、世間話のようなものです」

「私は忙しいのです。本題に移ってください」

「わかりました。では本題に移ります。陛下、再婚相手は俺を選んでください」

ハインツは侍女たちに聞こえぬよう小声で、しかし淀《よど》みなくはっきりと言った。

ディアナはパチパチと瞬《またた》き、ハインツを見た。

「……何を言っているのですか？」

「次の王配には、ぜひ俺を選んでくださいとお願いしています」

ハインツは、はきはきと言い直す。

「聞こえなくて、何を言っているのかと訊ねたわけではありません」

「ではどういう意図で？」

ハインツは軽く首を傾げてみせた。ディアナは答えに詰まり、僅かに眉を寄せる。

かつてディアナとハインツは婚約を結んでいた。しかしハインツは、隣国セザムへの遊学を理由に、婚約を一方的に解消した。そんな彼から、今更王配になりたいと言い出されるとは思いもしなかった。

（キッテル伯爵が、急遽彼を次の王配にするために呼び戻したのだろうか）

「キッテル伯爵から、あなたの帰国は半年前から決まっていたと聞きました。本当ですか？」

本当は、ニコラウスが亡くなったという報《しら》せを受けて帰国したのではなかろうか。

ディアナはハインツを見据えて、訊ねた。

「本当ですよ。帰国は半年前から予定していました。……少しだけ予定は早めましたが。あなたが何を疑っておられるのかは察しております。誓って、父に命じられ帰国したわけではありません。もちろん王配に立候補しているのも、父の命ではない。これは俺の我欲です」

「……がよく？」

「以前……約束したでしょう。あなたの傍で、あなたを支えると。その約束を果たしたいのです」

ハインツは視線をディアナから庭の先にある石作りの無骨な建物――書庫へと移した。

『あなたの傍で、あなたをずっと支え続けます』

そう言って跪いた男の姿を思い出す。途端に胸が重くなり、じくじくと痛くなった。

ディアナは溢《あふ》れそうになる感情を抑えるため両手を重ね、右手の爪を左手の甲に立てた。

「ニコラウスは……夫はまだ亡くなったばかりです。そのような時機に、再婚話など聞きたくありません」

ディアナは冷ややかに言い放ち、踵《きびす》を返す。

「ディアナ」

ディアナの腕を摑もうとするハインツの手を振り払い、冷たく睨《にら》み上げた。

「無礼な真似はやめてください。私が悲鳴を上げると、あなたのお父上に迷惑がかかることになります」

キッテル伯爵のおかげで、かろうじて女王としての体面を保てているのだ。キッテル伯爵がいなくなって困るのはディアナである。

「申し訳ありません。ディアナ女王陛下」

ハインツは謝罪し、丁寧に頭を下げた。その態度はどこか慇懃《いんぎん》だ。

ディアナは苛立つと同時に、少しだけ懐《なつ》かしい気持ちになる。

懐かしさを振り切るため、ディアナは大股で歩き、侍女の元へ戻った。

◆◇◆

『泣いてはなりません。怒る姿、笑う姿をみなに見せてはなりません』

当時の王太后、ディアナの祖母は、事あるごとにそう口にしていた。

『なぜですか、おばあさま』

ディアナが問うと、『感情を見せれば、臣下は侮《あなど》り、民は不安になるでしょう。誰にも心を見せてはならぬのです』と祖母は答えた。

祖母の表情は厳しかったが、ディアナの髪を撫でる指は優しかった。

祖母との思い出はたくさんあった。しかしディアナの幼少の頃の記憶に、母マルグリットとの思い出は少ない。産まれてすぐ母の元から離され、祖母が手配した乳母の元で育てられたからである。

ディアナが病弱だったため、というのが表向きの理由だ。しかし実際は、祖母と母の不仲が理由なのだと、王宮内の者たちはみな知っていた。

祖父が早世してすぐ、父は母と結婚をした。

レハール王国では、王だけでなく王妃にも権限と責務が与えられる。そのため未婚の王族は王位を継げないという決まりがあったからだ。

母の実家であるボーレン侯爵家は由緒正しい家柄で、マルグリット自身も美しく教養があり、王妃になるべく育てられた侯爵令嬢だった。

しかし祖母はマルグリットが王妃になるのを最後まで反対していた。祖母がマルグリットを、いやボーレン家を恐れていたためである。

事業の成功で莫大な富を得たボーレン家は、日に日に勢力を増していた。そのうえ娘が王妃になれば、さらなる権力を得、臣下たちの均衡が失われる。

祖母だけではない。多くの臣下や貴族たちもマルグリットではなく、別の令嬢を王妃にすべきだと当時王太子だった父モントに進言していた。しかし父は彼らの言葉に耳を貸さず、マルグリットを伴侶に選んだ。

マルグリットが婚姻時に反対されたことを根に持っているからか、祖母が母を息子の妻、未来の王妃として認めたくなかったからか。マルグリットと祖母は、公の場以外では会話はおろか目も合わせぬほど嫌い合っていた。

実際に二人の確執がどれほど根深かったのか、ディアナは知らない。ただ物心ついた頃には自分の傍には祖母がいて、母はたまに顔を合わせるだけの女性になっていた。

それでも幼い頃は、マルグリットはディアナに温かな声をかけ、微笑んでくれていた。しかし次第に、ディアナへの母の態度は冷ややかになっていった。

挨拶をしても無視される。声をかけると睨まれる。

母の態度に傷つきはした。けれどディアナは寂《さび》しいとは思わなかった。

侍女たちとは一定の距離を取って接し、貴族令嬢たちとおしゃべりをする機会はない。決まった時間に起き、予定どおりに学び、食事をとり、決まった時間に眠る。

そういう生活に、寂しさも苦しさも感じていなかった。それが王女であるディアナにとって普通の日常だったからだ。

淡々と変わらぬ日々を真面目に過ごし、ディアナは十一歳になった。

誕生日から少しばかり過ぎたある日。ディアナは一人の青年と引き合わされた。

父であるモント王に呼び出され広間へ向かう。祖母の教えを守っているのか、父もディアナと同じく感情を表に見せない人だった。まるで彫像のように表情が動かない父の横に、見慣れない若い男が立っていた。

「ディアナ。彼はキッテル伯爵の子息だ」

「はじめまして。ディアナ王女殿下。ハインツ・キッテルと申します。お目にかかれて光栄です」

モント王に促され、黒髪黒目の青年は身を屈める。ディアナと目線を合わせると、青年は朗らかに微笑み、自己紹介をした。低いけれどよく通る、響きのよい声をしていた。

「ハインツは十五歳になる。お前とも年が近い。よい話し相手になるだろう」

青年の声に一瞬聞き惚《ほ》れていたディアナは、父王にそう告げられ我に返る。

通常、王女の話し相手は同性の令嬢である。異性など選ばない。

（キッテル伯爵は、お父様のご友人……）

ディアナは少し考え、ハインツは自分の婚約者候補なのだろうと思った。ディアナは目の前にいるハインツ・キッテルを観察する。

耳に心地よい声、黒く艶《つや》やかな髪、端正な顔立ち。仕立てのよい服を品よく着こなしている。見惚れてしまいそうなほどの容姿をしているが、ディアナにとって重要なのは容姿よりも家柄だ。家柄は申し分ない。

「どうぞよろしくお願いいたします」

ディアナが言うと、ハインツは「こちらこそよろしくお願いします」と答え、笑みを深くさせた。

午前中は祖母の同席のもと、礼儀作法を学ぶ。それが終わると教師が訪れ、語学や数学や歴史、周辺諸国の状勢について学んだ。

午後は祖母の慰問に同行する日や、ダンスを教わる日、高位貴族のお茶会に招待され参加する日もあったが、比較的自由に過ごせた。

特に予定のない日は、ディアナは王宮の敷地内にある書庫で自習をして過ごしていた。貴重な文献以外にも、歴代の王が収集した絵画や骨董品、宝石なども保管されているため、書庫の前には王宮の警護兵が交代で見張り番をしている。安全なので、侍女を付き合わせずともよい。

書庫ではいつも一人の時間を満喫《まんきつ》していたのだが……ディアナが午後、書庫で過ごしていると耳にしたのだろう。初めて会ってからというもの、五日に一度は必ず、ハインツが書庫に現れるようになった。未婚の男女が密室で会うのは、正しくない。しかし父と祖母が許可をしているならば、ディアナに異議はなかった。

「王女殿下は、真面目ですね」

ハインツの言葉に、古い歴史書に視線を落としていたディアナは顔を上げた。

「あなたは暇なのですか？」

机を挟んで向かい側にいるハインツに目をやり、訊く。

「真面目ですね、という俺の感心に対し、なぜそのような質問を？」

ハインツは軽く肩を竦《すく》めて、問いに問いを返した。

怒っているようではない。朗らかな笑みを浮かべていた。

「何をもって私を真面目と称されたのかわかりかねるので、感心されても困ります。あなたもキッテル伯爵家の嫡男《ちゃくなん》としてお忙しいでしょう。私の話し相手になるよう陛下に命じられているのかもしれませんが、頻繁《ひんぱん》に私の元に来る必要はありません。私から陛下にそうお話ししておきます」

ディアナは頭の中で考えをまとめ、ハインツの問いに答えた。

ハインツは一瞬驚いたように目を瞠《みは》ったあと、ふっと吹き出した。

そして口元を手で押さえ、ふはふはと笑い始める。

「…………何がおかしいのですか」

「いえ、すみません。やはり、真面目なお方だなと思ったので」

ディアナが真面目だとなぜおかしいのか。意味がわからない。

真意がわからずじっと見つめていると、ハインツは穏やかな表情を浮かべ、口を開いた。

「今は王女殿下の自由時間でしょう？　だというのに、休みをとったり遊びに興じたりせず、書庫でいつも学んでいらっしゃる。そのお姿を見て、真面目だなぁと感心したのです」

「お昼寝をしてしまうと、夜眠れなくなってしまいます。遊び……趣味ですか？　趣味は特にありません。強《し》いてあげるならば読書なので書庫にいます」

貴族令嬢の嗜《たしな》みのひとつとして刺繍《ししゅう》があるが、ディアナは刺繍が苦手だった。ちなみにダンスも得意ではない。

「奇遇ですね。俺も読書が好きなんですよ。王女殿下が書庫に入り浸っているおかげで、話し相手に選ばれた、いち臣下の息子にすぎない俺も、王宮の書庫への出入りが許され、貴重な書物を読むことができる。だから、ここに来る回数を減らせなどおっしゃらないでください」

「……あなたが余暇を満喫しているならば、問題はありません」

ここに訪れるのがハインツの負担になっていないのならばかまわない。

ディアナが本へと視線を戻すと、ハインツもまた黙って分厚い本に目を落とした。

それからも、ハインツは五日に一度は必ず書庫にいるディアナの元に訪れた。

ときどき他愛のない話を交わし、向かい合って本を開く。そんな日々が続いた。

ふた月ほど過ぎた頃、ディアナは祖母からハインツについて訊かれた。

「昨夜、王太后陛下からあなたについて訊かれました」

いつものように「ごきげんよう。王女殿下」と微笑みながら姿を見せたハインツに、ディアナは昨夜の出来事を口にした。

「へえ。王太后陛下が俺のことを？　俺についてって、何を訊かれたんですか」

「まず、あなたの人間性について訊ねられました」

「人間性？　怖いなぁ……何と答えたんですか」

「人間性は可もなく不可もなく。読書好きの方だとお答えしました」

「可もなく、不可もなく……」

ハインツは不本意そうに目を細めた。

「取り立てて、善人とも悪人とも思えないので」

ディアナは言い訳のように付け足す。

「まあ確かに……善人でもないですし、悪人でもありませんけれど。王太后陛下はあなたの答えに何と？　失望されたのでは？」

失望している様子はなかった。むしろ――。

『見かけに騙されないのはよいことです』

ディアナの返答を褒め、母の美貌に惹《ひ》かれ婚姻した父の愚痴《ぐち》をこぼしていた。

　祖母の愚痴を……両親の確執を、ハインツに明かすわけにはいかない。

「王立学院で優秀な成績をおさめていると、褒めていらっしゃいました」

　代わりに、祖母が語った『ハインツ・キッテル』評を口にする。

「同じ年代の者たちの中でも特別優秀。容姿もよく、年頃の令嬢たちからの縁組みの申し入れが絶えない。社交的で友人も多く、慈善活動にも熱心。お父上とともに孤児院や病院の慰問にも進んで足を運んでいるようだと……そうおっしゃっていました。私が見習うべきところが、たくさんあるそうです」

　ハインツは目を瞬かせたあと、近くにあった椅子に座った。

「失望されるのも困りますが、褒められるのも困りますね」

「なぜ困るのですか？」

「確かに学院では優秀なほうですが、俺以上に優秀な者は他にも大勢います。縁組みの申し入れは確かによくありますが、目的は俺ではなくキッテル家と縁を持ちたいからです。人当たりがよいので社交的に見えるのかもしれませんけど、実は根暗です。あと、慰問は父にせっつかれて行っています」

　ハインツは肩を軽く竦めた。謙遜なのか本心なのかわからない。

　ディアナはハインツをじっと見つめる。

「……何か？」

「……あなたが本当に優秀なのかはわかりませんが、あなたの容姿は整っているし、お話上手です。とても根暗なようには見えません。せっつかれたからであろうとも慰問に行っている事実は変わりないので、自身を卑下するような発言はせずともよいでしょう」

「……そんなに褒められると、恥ずかしいですね」

ハインツははにかみながら言う。

「褒めてはいません」

窘《たしな》めたのだ。

「容姿が整っていると話上手は、褒め言葉でしょう？」

「それは……事実を述べただけです」

「ははは。照れますね」

何が照れるというのだ。よくわからない。

（……違う……。そういう話ではなくて……）

ディアナは話がずれているのに気づく。いったん頭の中で整理してから口を開いた。

「王太后陛下からあなたの人間性ついて訊ねられたあと、王太后陛下はあなたを賞賛なさいました。そして、もうひとつ問われたのです。こちらが本題です。あなたが私の婚約者にふさわしいか、と王太后陛下はお訊ねになりました」

ハインツは一瞬驚いた顔をしたものの、すぐに柔らかな笑みを浮かべた。

「可もなく不可もなくと答えたんですか？」

ディアナは首を横に振る。

「後日お答えします、と言いました」

「……なぜです？」

「あなたの気持ちを確かめてから答えるつもりです。私が婚約者にふさわしいと答えれば、祖母はあなたと私の婚約を進めてしまいますから」

ハインツとディアナを引き合わせたのは父だ。けれどディアナの婚約者にハインツを強く望んでいるのは、おそらく祖母である。

（たとえ私がふさわしくないと答えたとしても……婚約を進めてしまいそうだけれど）

『ボーレン侯爵に対抗できるのは代々宰相を務めているキッテル家くらいですから』

祖母は厳しい表情でそう口にしていた。

「王家には今現在、子は私しかいません。もちろん弟が生まれれば、私はあなたに降嫁することになりますが……王太后陛下は私が女王になるとお考えです。だとすると私の婚約者は次期王配です。あなたにその覚悟はありますか？」

覚悟がない者を王族に迎えるわけにはいかない。覚悟がないのならば、家柄は劣っても誰か他の相手を探してほしいと、祖母に頼むつもりだった。

「お答えする前に、ひとつ訊ねても？」

「何でしょう」

「あなたは？　あなたは俺が婚約者でよいのですか？」

「キッテル家は代々宰相を務めている由緒正しい家柄です。キッテル伯爵は父の友人で、信任も厚い。民からも人気があると聞いています。そのご子息であるあなたを婚約者に迎えるのは、王家にとっても私にとっても有益だと考えています」

「いえ、そういうことではなく。あなたは俺に好意を抱いているのですか？」

「こうい……」

ディアナは正面にいるハインツの整った顔を見た。綺麗な顔立ちの男だ。低くよく通る声は耳に心地がいい。本好きなところは好ましい。けれど、ときどきよくわからないところで笑う。不可解というか、不愉快になるときがあった。

「好意も悪意も抱いていません」

ディアナは正直に答えた。

「いずれ王配になる、その前にあなたの夫になるんです。好きでも嫌いでもない相手との結婚など空《むな》しいだけでしょう？」

「空しい……？　意味が理解できません。あなたを夫に迎えることは、私にとって有益だと先ほど説明しました」

「有益とかそういう話ではなく……そうですね、王女殿下。あなたは嫌いなものがありますか」

「嫌いなもの……ですか？」

なぜそのような問いをするのだろうと疑問に感じながらも、ディアナは自身の嫌いなものを頭に思い浮かべる。ダンスや刺繍、お茶会での談笑、母の嫌み……など苦手なことはいくつかあった。しかしそれは『嫌い』という感情とは違う。

「虫とか、蛇とか……雷とかお化けとか。嫌いなもの、ありませんか？」

ディアナが真剣に考え込んでいると、ハインツが重ねて質問をしてくる。

虫の形状を奇っ怪だと感じはする。けれど嫌いとはいえない。蛇と雷は神秘的だ。お化けはそもそも存在しないのだから、嫌いようがない。

つらつらと考えていたディアナは「あ」と小さく声を上げた。

「強いてあげるならば、かぼちゃが嫌いです」

「かぼちゃ、ですか？」

「はい。食べられないわけではありませんが、嫌いです。中身はよいのですが、皮の部分が美味しくありません。料理人を責めるつもりはありませんが……あれは本来、人が食べるものではないはずだと、心の中ではいつも思っております」

かぼちゃの皮のせいで、ディアナはかぼちゃという存在そのものを好きではなくなっていた。一応、残さず食べてはいる。けれど嚙《か》まずに水で流し込んでいた。

「では、俺がかぼちゃだったとしたら、どうです？　俺がかぼちゃでも結婚したいと思いますか？」

「あなたは人間です。かぼちゃではありません」

「たとえ話です。あなたは、俺の顔がかぼちゃでも夫にしたいと思いますか？　ちなみに皮を切っても中身がない。皮だけの、空《から》っぽのかぼちゃです」

ディアナはハインツの端正な顔を見据える。

首から上がかぼちゃな男の姿を想像する。

——ナイフで切っても……中は空っぽ。

「キッテル家のご子息であっても……かぼちゃは困ります。臣下はともかく……民もかぼちゃの王配は受け入れがたいと思います。近隣諸国にも、我が国の王配がかぼちゃでは格好がつきません」

「臣下や民、近隣諸国が、かぼちゃの王配を歓迎したとしたら？　嫌いなかぼちゃを夫にできますか？」

レハール王国では結婚後、国王夫妻の肖像画を描《か》く慣習があり、王宮の一室には歴代の国王夫妻の肖像画が飾られていた。ディアナはその中に、自分とハインツ——かぼちゃ頭のハインツの肖像画が飾られているのを想像する。

「多少……違和感がありますが、かぼちゃでもかまいません」

「よいのですか？　かぼちゃですよ？　かぼちゃが嫌いなのでしょう？」

「嫌いですけど、食べるわけではありません。私は、かぼちゃの皮の味と食感が嫌いなだけで、見た目は好きでも嫌いでもありません」

「……ああ。まあ、そうですね。…………ふふっ……はは、それはそうだっ……ふはっ」

ハインツは口元を手で覆い笑い始めた。

「…………何がおかしいのですか？」

「いえ、その……ふふっ……っ、つまらないことを訊いてしまったと思って……あ、あなたも真面目に答えているしっ……ふっ、ははっ、ふはっ、ふっ」

ハインツは肩を震わせている。真面目に答えて、なぜ笑われねばならないのか。

「ハインツ卿《きょう》、私は今、あなたに対して非常に不愉快な気持ちになっています」

ディアナはじとりとハインツを睨む。肩を震わせていたハインツは大きく深呼吸をして息を整えると、目を細めてディアナを見返した。

「あなたのそういう顔、初めて見ますね」

「……そういう顔？」

「ええ。怒っている顔です」

ディアナはハッとし、軽く目を伏せて表情を消した。無意識のうちに怒りが表情に出ていたらしい。恥ずかしく居たたまれない気持ちになった。

居心地の悪い沈黙のあと、ハインツが口を開いた。

「ディアナ王女殿下。俺を、あなたの婚約者にしてくださいますか？」

ディアナは顔を上げる。ハインツは穏やかで優しい眼差しをディアナに向けていた。

「かぼちゃでかまわないなら、俺でも大丈夫でしょう」

からかうように言われ、眉を顰《ひそ》めたくなるのを我慢する。

「あなたがよいなら、そのように王太后陛下に申し上げます」

ディアナは無表情でそう言った。


ディアナとハインツが婚約することを公にすると、主にボーレン家側の者たちから不満の声が上がった。しかし国王と王太后が認めた相手である。あからさまに反対できる者はおらず、ディアナはハインツと正式に婚約をした。

しかし婚約したからといって、ハインツとの関係はさほど変わらなかった。

変わったのは呼び方くらいだ。

婚約して少し経った頃『俺のことはハインツと呼んでください』と言われた。それまで『ハインツ卿』と堅苦しく呼んでいたのだが、それからは『ハインツ』と呼び捨てにするようになった。

そしてそれからまた少し経った頃。

『二人のときは王女殿下ではなく、ディアナと呼んでもいいですか？』と訊ねられた。

不敬だと思ったが、いずれ彼は自分の配偶者になるし、ハインツはディアナより四歳年上だ。それにハインツの低くよく通る声で『ディアナ』と呼ばれるのは悪くない気がした。ディアナは『かまいません』と答えた。

ハインツは十七歳になった頃から、急に身長が伸びていった。

「……また、背が伸びたのですか？」

会うたびに背が高くなっていくことに驚いて問うと、ハインツは首を軽く傾げた。

「自分ではよくわからないけど、みんな言うから伸びているんでしょうね。俺からしてみれば、ディアナのほうが会うたびに小さくなっているように感じるけど」

「私は伸びてはいませんが、縮んでもいません。……実は靴に何か仕込んでいるのではありませんか」

背の低い男性のために、踵に細工《さいく》をしている靴が売られていると耳にしたことがあった。

ディアナは疑いの目をハインツの革靴に向けた。

「仕込んでいませんよ。調べてみますか」

「はい」

「…………え、本当に調べるつもり？」

ハインツが嫌そうに顔を歪《ゆが》めた。

「やはり細工がしてあるのですか？」

細工があるため渡すのを渋《しぶ》っているのだろう。しかしディアナはハインツの背が高かろうが低かろうが興味はなかった。ただ、靴にどのような細工が施してあるのか気になっているだけだ。

「貸してください」

ディアナが両手を差し出すと、ハインツは溜め息を吐き、靴を脱いだ。

「ほら細工などないでしょう？」

ディアナの眼前に差し出して見せる。

しかしディアナが手で触れようとしたら、靴を持ったまま手を上げた。

「汚いから触ってはいけません」

「……触らないとわかりません」

「見たらわかるでしょう」

ハインツは手を下ろし、再びディアナの目の前に靴を掲げた。

「普通の、何の細工もない靴でしょう？」

確かに、厚底ではない。普通の、黒の革靴だ。しかし……ところどころ汚れていた。

ディアナは靴に顔を近づけた。

「こら。顔を近づけない」

幼子を叱《しか》るように、ハインツがディアナを注意する。

「なぜ、汚いのですか？」

「……匂いますか？」

ハインツが渋い顔をして訊き返してくる。

「匂いは特にはしません。真新しい靴が、なぜ泥で汚れているのか不思議に思いました」

「泥？　ああ、ここに来る前に土壌を調べに行ったので」

「どじょう？」

「ええ、土ですよ。作物を育てるための土」

ハインツは珍しく少し興奮気味に、『土壌』について語った。

気候や陽当たりにもよるが、土により作物の育ち方は違う。ハインツは作物にとってどんな土壌が最適か、仲間たちとともに調べているらしい。

「レハールには地下資源はありませんが、豊かな土壌がありますからね。効率化……というか、知識や技術を共有することにより、民も国も、さらに豊かになるはずです」

新たな肥料の開発や、作物の品種改良など、農業の未来は明るい、とハインツは力強く語った。

「レハール王国の未来について、考えてくださっているのですね」

どこか飄々《ひょうひょう》としたところのあるハインツの情熱的な姿にディアナは感銘を受けた。

そして自分はハインツほど、国の未来について考えていなかったと反省する。

「いえ、たんに興味があるだけです」

「国を思う崇高な心。私も見習わねばなりません。土壌調べに同行させてください」

「いやいや、王女殿下が足を運ぶような場所では」

「王族だからこそ、知らねばなりません」

ディアナはハインツの靴を摑み取った。

「何をしているんです。靴を返しなさい」

「私を連れていってください。約束してくださったらお返しします」

ディアナは靴をぎゅっと抱きしめて言った。

ハインツは、はあ～と長い溜め息を吐いたあと、連れていくと約束してくれた。

それから数日後。ディアナはハインツとともに、王都の外れにある農場を訪れた。

太陽の下、一面には麦畑が広がっている。ちょうど収穫の時期だったらしく、みな忙しなく作業をしていた。男性だけでなく、女性も働いている。

「土壌調査よりも、こちらのほうがあなたにとって価値があるかと思いました。民がどのような暮らしをしているか、体験してみますか？」

ディアナがのどかな風景を眺めていると、ハインツが言った。

王女だと知られないほうがよいからと、ディアナはハインツが用意した質素な平民服を着ていた。最初からディアナに収穫を手伝わすつもりで、ここに連れてきたのだろう。断る理由もなかったので、ディアナは頷く。

年配の女性もいたが、ディアナと同年代の少女もいた。溌剌《はつらつ》とした少女たちは、ディアナに対し好奇の目を向けながら、鎌で麦を刈り取る作業を教えてくれた。

ほんの僅かな時間だった。

『体験』しただけで『手伝い』にはほど遠かった。しかしディアナにとっては、貴重なひとときであった。

その翌日、慣れない作業をしたため筋肉痛になり、高熱を出して祖母からハインツともどもお叱りを受けてしまったけれど。


季節が過ぎ、年を重ねる。

ハインツは学業が忙しいのか、以前のように頻繁にはディアナを訪ねて来なくなった。けれども、しばらく会えないときは手紙をくれた。近況を伝える手紙に、ディアナもまた近況を綴《つづ》って返事を送った。

そうして日々が過ぎ、ディアナが十四歳になったばかりの頃、王太后が公務中に倒れた。

『ディアナ。あなたはいずれ、女王になるのです。強くあらねばなりません』

病床に臥《ふ》した祖母は、自身の命に限りがあるのを知ってか、見舞いに訪れたディアナにそう諭《さと》した。

十四年経っても、王の子はディアナしかいない。王家の将来を案じ、王に愛妾を持つべきだと進言する臣下もいたが、母マルグリットと実家であるボーレン家はもちろん、父と祖母も愛妾を迎えることに消極的だった。

マルグリットはまだ子を成すことが可能な年齢だ。しかし二人の仲が冷え切っていたせいか、祖母の中では王位を継ぐのはディアナだと決まっているようだった。

『わかっております。お祖母様』

強くあれ、と諭されたディアナは祖母を励ますように、そう答えた。

そして倒れてから十日後の朝、祖母は息を引き取った。

「ディアナ」

祖母の葬儀から三日後。ディアナが書庫でぼんやりしていると、隣国セザムに行っているはずのハインツが姿を見せた。セザム国の出身であるハインツの祖母の実家を訪ねるため、一ヶ月は帰れないとの手紙をもらっていた。まだ予定の一ヶ月より早い。

「帰国が早まったのですか？」

「父上から、王太后陛下がお亡くなりになったと連絡が来たんだ。すみません。傍にいられなくて」

「キッテル伯爵もご事情を説明されていましたし、特に問題はないかと。突然のことでしたし……」

　祖母の葬儀は国を挙《あ》げて行われ、多くの貴族が参列していた。本来ならばディアナの婚約者であるハインツも、参列せねばならなかった。

「葬儀までに帰れなかったことを詫《わ》びているわけではありません。あなたの傍にいられなかったことを謝っているんです」

「……意味がわかりかねます」

　ディアナはてっきりハインツが体裁を気にして詫びていると思っていたのだが、どうやら違うらしい。

「触れても……？」

　近づいてきたハインツが、ディアナの顔を覗き込むようにして訊いてくる。

（会わないうちにまた身長が伸びた気がする……）

　ぼんやりと思っていると、ハインツの長い指がディアナの手を取った。

「まだ……触れてよいと、答えていません」

　手を引っ込めようとすると、強く握り込まれた。

　ハインツの手は温かかった。――祖母とは違って。

「あなたの手は温かいですね」

　ディアナはぽつりと呟《つぶや》くと、ハインツは「は？」と首を傾げた。

「お祖母様の手は……冷たかったのです」

最期の別れで、ディアナは棺の中で眠る祖母の傍に百合の花を置いた。そのとき、ディアナは胸の上で組まされていた祖母の手に触れた。その手の冷たく硬い感触をディアナは思い出す。

「人は死ねばあんなふうに冷たくなるのですね」

先代の王である祖父は、ディアナが生まれる前に亡くなっていた。親族の死に立ち会うのは初めての経験だった。

「父上から……葬儀の際、あなたが涙も見せず気丈にしていたと聞きました」

「泣いていなかったのは私だけではありません。父も母も泣いてはおりませんでした」

国王である父は始終難しい顔をしていた。王妃である母はどこか機嫌よさげであった。

「……まあそうかもしれませんが……あなたは、王太后陛下を慕っておられたので。無理して気丈にしているのかと、心配になったのです」

ディアナは瞬きをし、ハインツを見上げた。

「慕っている……？」

「え？　ええ。王太后陛下はあなたにとって、一番近しい方でしょう？」

君主である父は忙しく、一ヶ月顔をまったく合わせないときもあった。母とは公の場以外では滅多に会わない。顔を合わせても、母はディアナを無視した。

祖母とはほぼ毎日会っていた。ディアナの教育を、祖母が担っていたからだ。

ハインツの言うとおり、幼い頃から一番近い場所にいたのは祖母だった。

母が自分を嫌う原因は祖母にあると、ディアナも知っていた。

祖母はいつも厳しく、優しい言葉をかけてもらった記憶もない。けれど——。

『寒くなってきましたね。外出のときはこれを』

そう言って、ケープを渡してくれた。

『残さず食べねばなりません』

厳しく言いながらも、ディアナの食事が終わるのを見守ってくれた。

誕生日は必ず一緒に過ごしてくれたし、嵐の夜はディアナの部屋を訪ねてくれた。

言葉や態度は厳しかったが、ディアナの髪を撫でる指はいつも優しかった。祖母が向けてくれていた感情は幼いディアナにもわかっていた。だからどんなに厳しくても、辛く感じはしなかった。

(慕っている……慕っていたのだ……)

胸がつきりと痛む。

「……ディアナ」

ハインツが眉を寄せ、ディアナを見下ろしていた。祖母を失ったディアナを案じてくれているのだろう。ディアナは首を横に振った。

「私は幼い頃から、泣いてはならぬと、怒る姿、笑う姿をみなに見せてはならないと言われてきました。ですから、涙を見せずにいるのは当然のことです。心配はいりません」

「……感情を見せてはならないって……」

ハインツの双眸《そうぼう》に驚きと同情が浮かんだ。

「ずっと、感情を押し殺して生きてきたんですか？　……まだ十四歳の女の子なのに」

「私は十四歳ですが、レハール王国の王女です。そのように憐れむのは、無礼です」

きっぱりと言うと、ハインツは小さく息を吐いた。

「慕っていたお祖母様が亡くなって、泣くのすら許されないなんて間違っている」

「間違ってはいません。そもそも、泣いてはならぬ、はお祖母様の教えです。お祖母様……王太后陛下は、私が悲しむのをお許しにはならないでしょう。私は部屋に戻ります。あなたもお帰りください」

ディアナはハインツの手を振り払い、その場をあとにしようとしたのだが……。

「抱きしめてもよいですか」

よいとも悪いとも答えていないのに、長い腕の中に閉じ込められてしまった。

「……ハインツ。無礼です」

「俺はあなたの婚約者です。いずれ、あなたの夫になる」

「まだ婚姻はしていません」

婚約者とはいえ婚姻前の男女が、こんなふうに抱き合うのは許されない。

不埒な振る舞いはやめるよう、広く逞しい胸を押しやろうとするのだが、大きな身体はビクリともしない。ハインツは飄々としていて、慇懃《いんぎん》無礼《ぶれい》なところがあった。けれどもディアナが本気で嫌がることはしない。このような強引な振る舞いは初めてだった。

怒るより、戸惑ってしまう。

「ハインツ、放してください」

「婚約者の前でも、泣いてはならないのですか？　俺の前でくらい、泣いてもいいと思います」

穏やかな声が降ってくる。

「……私は、泣きません」

ハインツの指が頭に触れる。髪を梳《す》くように撫でられた。

「あなたが泣いていたと、俺は誰にも言いませんよ」

指も声も優しい。ハインツはどうやら、慰めてくれているらしい。彼の気持ちは嬉しいと思う。けれど、たとえ婚約者であろうとも、その優しさに縋《すが》りたくはなかった。

ディアナはハインツの腕に囚《とら》われたまま、首を横に振った。

「こうして抱きしめていたら、泣き顔も見えませんよ」

「……腕を解いたら、泣き顔が見えるでしょう？」

「なら、あなたが泣きやむまでずっと抱きしめています」

ディアナはハインツの温かな胸に額を押しつけた。

そして、胸の奥から不可解な感情が湧いてくるのを誤魔化《ごまか》すように「嫌です」と答えた。

「はは、嫌ですか」

ハインツは軽く笑って、ディアナを腕から解放した。

少しだけ寂しく感じた自身の心に蓋をする。

「あなたが私を心配してくださるのは、嬉しく思います。けれど私は、この国の王族として、どんなときでも強くあらねばなりません」

ハインツを見上げ、ディアナははっきりと言った。

「……ならば、強情……いえ、強くありたいというあなたを見守らねばなりませんね」

ハインツは柔らかに笑んで、その場に跪く。

「あなたの傍で、あなたをずっと支え続けます」

ハインツはディアナの右手を取り、恭《うやうや》しく手の甲に唇を落とした。

温かな唇が肌に触れたせいだろうか。なぜか無性に恥ずかしくなる。胸が早鐘を打った。

「……す、すでに婚約しているのだから、今更そのような誓いをする必要はありません」

ディアナはハインツの手を乱暴に振り払った。

「顔が赤いですよ」

「気のせいでしょう」

ぎろりと睨み下ろす。ハインツは目を細めて、そんなディアナを見つめていた。

祖母の死から一年が過ぎた頃。今度は、父との別れがディアナを待ち受けていた。

モント王が政務中に倒れたと報せを受けたディアナはすぐに駆けつけた。ベッドに横たわった父は、意識はかろうじてあるものの、顔面は蒼白で、小刻みに震えていた。

「陛下」

ディアナは父の手に、そっと己の手を重ねる。

「…………マルグ……リット……」

掠《かす》れた声で母の名を呼んだ父に、ディアナは驚く。

ディアナと母との関係は冷え切っていた。仲違いの一因でもある祖母が亡くなっても、母娘の関係は変わらないままだった。母との関係が変わらないのはディアナだけではない。父も同じだとディアナは思っていた。

公の場にいても、両親は会話どころか目も合わさなかった。お互いに関心がないように見えたのだが、本当は違ったのだろうか。祖母の死で関係が変わったのか。それとも以前から、ディアナが知らないだけで、両親は夫婦という固い絆で結ばれていたのか。

どちらにしろ、父は朦朧《もうろう》とした意識の中でただ一人、母の名だけを呼んだ。

「王妃殿下……お母様もすぐにいらっしゃいます」

警護兵が母を呼びに行っていると言っていた。すぐに来るはずだ。

「お父様、お気を確かに」

手を握り、ディアナは励ますように父に声をかけた。

「マルグリット……すまない……すま……ない……」

父は母に対し、何度も謝罪の言葉を口にした。

「うぐっ……うう……」

父が獣のごとく呻《うめ》き始め、控えていた宮廷医が駆け寄ってくる。

父の鼻と口から血が溢《あふ》れ、がくりと身体から力が抜けた。

それから――侍女たちが亡くなった父の身体の清拭《せいしき》を始めた。清拭が終わる頃になっても、母は公務で王都を離れでもしているのか姿を見せなかった。


父王の葬儀を控えた前日の夜。ハインツがディアナの自室を訪ねてきた。書庫では頻繁に顔を合わせていたが、こうして自室、それも夜に訪ねてくるのは初めてだった。

「忙しくしているのはわかっていたけれど……どうしても心配で」

ハインツの表情は険しい。ディアナを気遣ってくれているようだ。

「私は近いうちに、女王として即位することになります。婚約者……いえ、王配として力を貸してください」

　葬儀が終わればすぐに次期国王について、話し合いが始まる。レハール王国の法では、婚姻は十六歳にならないと認められない。しかしその法よりも『配偶者がいなければ王位を継げない』という決まりのほうが優先される。婚儀と同時に戴冠式も行われるはずだ。

　ハインツにも覚悟しておいてほしい。そう思い彼を見上げたのだが、なぜかハインツは憐れみのこもった眼差しをディアナに向けていた。

「……ハインツ？」

「いえ……俺の胸をまだ必要としてくれないのかと……」

　苦く微笑み、ハインツが言う。

「むね……」

　ディアナは祖母が亡くなったあとの、ハインツとのやり取りを思い出す。

　父が亡くなったからといって泣きはしない。

「私は……泣きません」

　母と顔を合わせたのは、父が亡くなり一夜明けてからだった。

　父が最期にマルグリットと、その名を呼んでいたことを伝えようとしたのだが母は『近づかないでちょうだい。あの人……陛下の死因は流行病の可能性があると聞いたわ。その陛下の傍に付き添っていたそうじゃない。病気がうつっては困るもの』と吐き捨てた。

その態度に胸が苦しくなる。怒りのようなものも湧いてきたが、ディアナは己の感情に蓋をし、無言で母の前から去った。父の死をきっかけに母との関係を少しでも改善できたら、と虫のよいことを考えていたそんな自分が恥ずかしかった。

これからどうなるのだろう。自分に君主が務まるのだろうか。臣下たち……民たちは、女性でまだ年若い自分を受け入れてくれるのか。不安ばかりがこみ上げてくる。けれど、不安だからこそ、それをみなに気取られてはならなかった。

(この国の王女……次期女王として堂々としていなければならないのだから)

父の死を悼《いた》み悲しむ時間などないのだ。

「ハインツ、私は大丈夫ですから」

帰ってくださいと言いかけると、手を取られた。

「俺は未熟です。あなたの立派な夫、王配になれるのか、不安もあります。けれど……ともに学び、経験し……協力し合って……レハール王国を守っていきましょう」

いつも流暢に話すハインツにしては珍しく、言葉を選び詰まらせながら言う。

(……ともに……)

一人ではない。ハインツがいる。心の中で抱えていた不安が少しだけれど和らいだ。

「ありがとうございます。ハインツ」

ディアナは握られた手に力を込め、礼を口にした。

◆
◇
◆

（……けれど、ともに学ぶことも、経験することも、協力し合うこともできなかった）

父の葬儀が終わると、臣下たちが招集され話し合いが始まった。

まだ十五歳の少女に政務を任すのは心許ないと、王妃マルグリットの父であり、ディアナの祖父でもあるボーレン侯爵が女王の後見人になることが決まった。

ディアナの婚約者ハインツはキッテル家の子息だ。

王配と後見人。

力を持つふたつの家がディアナを支えることで、議会の均衡も保たれるだろうと、臣下たちも賛成していたという。

しかし――。

『ディアナ様、ハインツはレハール王国を発ちました。セザム国に遊学へ行き、しばらく帰国はいたしません』

ハインツの父、キッテル伯爵は婚約解消の申し出をしたあと、ディアナにそう告げた。

――なぜ。どうして。

喉元まで出かかった言葉を飲み込み、ディアナは『そうですか』と答えた。

ディアナの新たな婚約者は、ボーレン家の者の中から選ばれた。

ニコラウス・ボーレン。くせのある茶色い柔らかそうな髪に、垂《た》れ目がちの茶色い瞳。二十六歳になるニコラウスは母の従兄弟でもあった。ニコラウスはハインツほどではないが長身で、小柄なディアナより頭ひとつぶん背が高かった。

『改めましてよろしく。ディアナ殿下』

初対面ではない。何度か夜会で顔を合わしたことのあるニコラウスは、ディアナを見下ろし、朗らかに言いながら手を差し出してきた。

『どうぞ、よろしくお願いいたします』

黒髪黒目の青年と初めて出会ったときを思い出す。身を屈め、ディアナに目線を合わせ朗らかに微笑んだ彼と、目の前の男を重ねながら、ディアナは無表情でそう答えた。

そしてディアナの婚儀と戴冠式の日程が決まった頃、長く子宝に恵まれなかった母の妊娠も明らかになった——。

当時のことを振り返り、ディアナは心の中で溜め息を吐く。

書庫で過去の洪水や嵐の被害について調べるつもりだったのに、帰国したハインツが気にかかり、まったく手につかなかった。

第二章　賭け

嵐の被害地域にある王家所有の城を、避難所として民に開放する――。

予想に反して、ディアナのその案に反対する者は誰もいなかった。

ボーレン侯爵は、体調不良を理由に議会を欠席。ボーレン家の派閥も臣下たちも意気消沈し、ディアナ……いや、キッテル伯爵の顔色を窺《うかが》っている。

今回の災害の対応にあたる者を臣下の中から選出し、被害を受けた民たちへの支援、その方法について、意見を求め話し合った。

大きな問題もなく議会がひととおり終わり、ディアナがホッとしていると中立派だった臣下が手を挙げた。

「陛下、よろしいでしょうか」

「何でしょう」

「ニコラウス殿下の不祥事で、民の王家への不満が膨《ふく》らんでおります」

王配ニコラウスが犯した横領については、包み隠さず公表していた。

母マルグリットからは激しく責められたが、怪文書が出回っていたため隠蔽《いんぺい》は難しかったし、民には誠実でありたかった。横領をするような人物を王配に迎えたのだ。女王であるディアナが批判されるのは当然で、覚悟もしていた。

「承知しています。ニコラウスの件は私の落ち度です。民たちには改めて、私の口から今回の件の説明と謝罪をしたいと思っています」

国の財政事情を明瞭にし、民に公開する。個人が不正できない制度を取り入れ、今回のような不祥事が二度と起きないよう改善していきたい、とディアナは臣下たち一人一人の顔を見ながら言った。ディアナの言葉を神妙に聞いている者もいたが、見下すような眼差しを向けてくる者も多くいる。

そんな臣下のうちのひとりが真剣な表情で口を開いた。

「殿下のおっしゃるとおり、謝罪、改善は必要でしょう。しかし……失墜した王家の人気と信頼を回復させるほうが先かと思います」

人気と信頼を回復させるため、謝罪と改善をするつもりなのに、とディアナは心の中で首を傾げる。

「陛下は早々に再婚をなさるべきです」

「……再婚、ですか」

「はい。ニコラウス殿下の悪い印象を払拭するためにも、再婚し、新たな王配を迎えるべきです。……キッテル伯爵の嫡男、ハインツ卿が遊学先から戻って来られたとか。キッテル伯爵は国民の人気も高い。相手として申し分ないのでは」

臣下は意気揚々と提案し、チラリとキッテル伯爵に視線を向けた。

「それはよい。確か、彼は先王が崩御される前は陛下のご婚約者だったはず。陛下も知らぬ仲ではないのですし」

別の臣下からも賛成の声が上がる。

「……再婚については、今のところ考えておりません」

ディアナがそう答えると、「何を悠長な」「真っ先にお考えにならねば」などと批判する声が上がった。返答に窮《きゅう》していると、キッテル伯爵が重々しく口を開いた。

「ニコラウス殿下がお亡くなりになり、ひと月も経っていません。再婚話など、まだ早いのでは」

「いや、ですが……こういうことは早急に決めたほうが」

「伴侶を亡くしたのです。陛下にもお心の整理をつける時間が必要です。それに真に民を思うのならば、災害対応のほうが先でしょう」

ボーレン侯爵が失脚すれば、次に権力を得るのはキッテル伯爵だ。おそらく『再婚話』

は、キッテル伯爵の『ご機嫌取り』だったのだろう。当の本人に窘められ、再婚をすすめていた者たちは気まずそうな表情を浮かべた。

「宰相の言うとおり、まずは被災した民への対策が先です」

キッテル伯爵の言葉に賛同し、ディアナは抑揚のない声で告げた。

――人形女王。

臣下たちの眼差しに、失望と嘲笑が浮かんだように見えたのは気のせいだろうか。

彼らの目には、ディアナがボーレン侯爵の傀儡から、キッテル伯爵の傀儡になったように見えているのかもしれない。

ディアナは臣下たちから視線を逸らし、議会場をあとにした。

執務室に戻り、しばらくするとキッテル伯爵が現れた。

「今し方、派遣していた兵から報告を受けました」

嵐により、民だけでなく作物も多くの被害を受けていた。被害状況を明確に把握し、そちらへの支援についても対応していかなければならない。

今後について話し合い、先ほど決議された内容がまとめられた書類を受け取った。

分厚い書類を一瞥《いちべつ》し、ディアナは口を開く。

「あなたも……ご子息を次の王配にしたいと考えているのですか？」

「………………私は陛下のご意向が何よりも優先されるべきだと考えております」

キッテル伯爵は僅かな沈黙のあと、そう答えた。

「先日、ハインツから求婚されました」

ディアナは伝えるべきか少し躊躇《ちゅうちょ》しながら口にすると、キッテル伯爵は驚いたように目を見開いた。ハインツは父親に、求婚の件を黙っていたらしい。

「まだ葬儀が終わったばかりだというのに……」

キッテル伯爵は呆れ顔で小さく息を吐き、頭を下げた。

「申し訳ございません。陛下のお気持ちに配慮するよう、私から注意しておきます」

ハインツが言っていたとおり、彼が求婚したのは父親の命令ではなさそうだ。

（王配になろうとしているのは……ハインツ自身の考え……）

キッテル家の思惑ではないと知っても、落ち着かなかった。不安に似た感情が心の中に広がっていく。

「先日も申し上げましたが……ハインツの、陛下をお支えしたいという気持ちに偽りはありません。その想いが強いがゆえに先走ったのでしょう。聞き流す……のは難しいかもしれませんが、ご結婚についてはハインツや他の者たちの声に惑わされず、陛下ご自身がお決めになるべきです」

未婚のままでいてもよいのですか――。

頭の中に浮かんだ問いかけをディアナは口にはせず、「今後については、ゆっくり考えたいと思います」と答えた。

◆◇◆

王宮近くに立つ大聖堂の地下礼拝堂には、父をはじめとする代々の王と王妃が眠ってい
た。
地下礼拝堂では年に二回、鎮魂《ちんこん》のための祭儀が執《と》り行われている。
祭儀に参列するため、ディアナは政務の予定を調整して大聖堂を訪れていた。
王族の参列は義務であったが、母のマルグリットと弟のフロリアンの姿はない。
母はまだ床に臥していると報告を受けている。フロリアンだけでも参加すればよいのだ
が、母が止めているのだろう。
祭儀を終えたあと、ディアナは大聖堂の隣にある集合墓地へと向かった。
木洩れ日の中、墓石が立ち並んでいる。その奥にひとつ、真新しい墓石があった。
ディアナはその墓——ニコラウスの墓の前で足を止めた。
王配という立場にあったニコラウスは、本来ならば地下礼拝堂に埋葬される。しかしニ
コラウスは国庫金横領という重罪を犯した。死してもその罪が消えるわけではない。
話し合いの結果、ニコラウスはボーレン家の親族たちの眠る集合墓地に埋葬されること

になった。ニコラウスが亡くなって二十日。忙しなく過ごしているせいかまだ実感がない。

「陛下」

ディアナの後ろに控えていた侍女が、白百合の花束を差し出してくる。侍女から花束を受け取り、墓石の上に置き、この五年間に思いを馳《は》せた。

五年前、ディアナは十五歳のとき二十六歳のニコラウスと結婚をした。

まだ十五歳だったが、夫婦になったのだ。婚儀の夜には同衾《どうきん》せねばならなかった。

しかし……ディアナはニコラウスと閨《ねや》をともにしなかった。

理由はディアナがまだ女性として未熟だったからだ。

華奢《きゃしゃ》で小柄な身体つきが原因なのかはわからないが、ディアナは十五歳になってもまだ初潮を迎えていなかった。当然、同衾しても子は孕《はら》めない。そのため初潮を迎えるまで、閨事は延期することになった。

そしてそれは、ディアナにとって大きな負い目になる。

『陛下は政務より、まず健康を優先していただかねば。レハール王国と民に、子を授けていただかないことには、何も始まりません』

ボーレン侯爵はディアナと顔を合わせるたび、子どもの必要性について言い聞かせた。

ディアナが政務に関わろうとするたび『政務より子を産める丈夫な身体作りを』と呆れ顔で言われた。結婚した当初は朗らかに接してくれていたニコラウスも、半年も経たないうちにディアナを見下すようになっていた。

『君は女王といっても、政治のことも、外交も、何もわからないじゃないか。僕や王太后陛下、ボーレン侯爵に任せていればいいんだよ』

ニコラウスの言葉に、ディアナは反論できなかった。

いずれ国の役に立ちたいと、熱心に学んできた。けれどそれはあくまで、机の上で学んだだけ。書物の中には、人の心を掌握し、狡猾《こうかつ》に立ち回る方法など書かれていなかった。祖母から学んだ『王たる者の心得』も、老獪な大人たちの前では何の役にも立たない。

それでも最初の二年は、少しでも王として何かできないか。ニコラウスと信頼関係を築けないか。ディアナなりに何とかしようと模索していた。しかしボーレン侯爵の影響力は増していく一方で、彼らにとって都合のよい法案ばかりが通るようになっていく。

『政治は遊びじゃないからね。お人形には務まらないさ。……会話もつまらないし、まるで人形を相手にしているみたいだよ』

この頃にはニコラウスも平然とディアナを嘲り、周囲に不満をこぼすようになっていた。己の無知さ無力さを知り、矜持《きょうじ》を傷つけられたディアナは、だんだんと引き籠もるようになった。

自分の意見より、臣下たちはボーレン侯爵の発言を優先する。

――ならば何も言わず黙っていたほうがよい。

ディアナは悲観的な考えをするようになり、ボーレン家が望んだとおりの『お飾りの女王』になっていった。

そして十九歳になったばかりの頃。ようやくディアナにも初潮がきた。その報告はされているはずなのに、ニコラウスはディアナの閨を訪れなかった。

ニコラウスは常々、ディアナの容姿について『気味が悪い』と不満を漏らしていた。

女性らしい柔らかさのない骨張った身体は、ニコラウスの興味をひかなかったようだ。初潮がきたからといって、ディアナに食指が動かなかったらしい。

けれど——一度だけ、そういう触れ合いを求められたことがある。

夜会の打ち合わせのため、ニコラウスが王の執務室に現れた。ニコラウスは夜会で着るように、と真っ赤なドレスをディアナに渡した。そのドレスは、美しくはあったがディアナが好む装いではなかった。

ディアナが丁重に断ると、ニコラウスは不愉快そうに鼻を鳴らした。

『君もこういうドレスを着てさ……僕をその気にさせてごらんよ』

横柄に見下ろして言う。

『……その気……？』

『跡継ぎが欲しくないのかい？』

ニコラウスがニヤリと笑った。彼が用意したのは襟ぐりが大きく開いたドレス。そのようなドレスを女性らしい丸みが少ない身体つきのディアナが着ても、薄い胸元が憐れを通り越し、滑稽《こっけい》になるだけだ。ディアナは『跡継ぎは必要ですが、このドレスはお返しします』と、ニコラウスにドレスを突き返した。

そのときだ。大きな男の手がディアナの腕を摑んだ。ぐいっと強く引っ張られる。

ディアナはよろめき、ニコラウスの胸の中に倒れ込んだ。香水をつけているのだろう。柑橘《かんきつ》系の香りがした。

『……君って思っていた以上に小さいな』

ニコラウスの手がディアナの背、そして尻に触れてくる。

なぜいきなり、こんな真似をされているのか。ディアナは驚く。

『放してください』

『跡継ぎが必要なんだろう？』

閨の中でするべきことを、ニコラウスは執務室でするつもりなのだろうか。

無作法に撫で回してくるニコラウスの手に不快感を覚える。そして……ディアナはふと優しく労《いたわ》るようにディアナを抱きしめてきた黒髪の男を思い出した。

『放してください！』

嫌悪感で身体が震える。

ディアナはキツく言い放ち、ニコラウスの腕から逃れようとした。

『君は僕の妻だろう？　夫に触られて拒むなよ』

執務室のソファに押し倒される。

覆いかぶさってきた男の重さに、ディアナは恐怖を感じた。

ニコラウスの言うとおり、ディアナは彼の妻だ。女王として、王族として、子を産まねばならない立場にある。

だから場所がどうであれ、この行為がニコラウスの気まぐれであれ、夫が子種をくれる気になったのならば受け入れなければならない。

それがディアナの務めなのだ。

頭では理解していた。大人しくニコラウスを受け入れなければ、と何度も自分に言い聞かせたのだが、恐怖は消えないどころか、より大きくなっていった。

怖い、怖い。嫌だ。

乱暴にニコラウスがディアナの衣服を脱がせ始める。

露わになった胸に大きな手が触れた。

『小さすぎだろう。まるで男じゃないか』

ニコラウスは揶揄《やゆ》しながら、ディアナの素肌に唇を寄せた。

『……っ……！』

ディアナはもがくように、手を振り回した。

テーブルの上に置いてあったガラス製のペン立てに手が当たる。ペン立てはガチャンとけたたましい音を立てて床に落ちた。その音を聞いて、即座に駆けつけた警護兵は半裸のディアナにニコラウスがのし掛かっているのを見て戸惑う。ディアナは嫌がっているようだが、相手は王配であるニコラウスなのだ。

『冗談のつもりだったのだが、陛下が驚いてしまってね』

大事《おおごと》にはしたくなかったのか、ニコラウスはそう言い、ディアナの上から退いた。

ディアナは慌てて開いていた胸元を押さえる。

『冗談も通じないとは、困ったお嬢ちゃまだ』

せせら笑いながら、ニコラウスは執務室をあとにする。

ディアナは心配げな警護兵たちを下がらせた。

一人きりになった執務室で、ディアナは小さく震える己の身を抱きしめ、重く長い溜め息を吐いた。

夜会にニコラウスの選んだドレスは着ていかなかった。ニコラウスはそんなディアナを一瞥し、鼻で笑った。

あの行為が冗談だったのか本気だったのか。

ニコラウスの気持ちはディアナにはわからない。けれどこの日以降、ニコラウスのディアナへの態度はそれまで以上にぞんざいになっていった。

妻だというのに、抵抗をしたディアナに腹を立てているらしかった。

いくら恐怖を感じていても、王として、王族として、ニコラウスを受け入れるべきだったのだと……女王としての義務であるにもかかわらず、嫌悪感から抵抗してしまった自身をディアナは恥じた。

そしてニコラウスに詫びなければ、と考えていた頃。ディアナはニコラウスの不貞の現場を目撃してしまったのだ。

『あぁっ……ニコラウス……あっ、あっ』

王宮の一室で、裸の男女が絡み合っていた。ニコラウスが腰を振るたび、彼に組み敷かれた女性は甘い声を弾ませていた。

ディアナは悩んだ末、母マルグリットにニコラウスの不貞の現場を見たと打ち明けた。

『あなたが女として不出来なせいでしょう』

マルグリットは呆れたように言い『その貧弱な身体では、ニコラウス……いえ、どんな男にも、見向きもされないでしょうけど』と嘲笑《あざわら》った。

ニコラウスはディアナの抵抗に腹を立てているのではなく、骨張った貧弱な身体に失望しているらしい。ならばディアナがいくら謝罪したところで、無駄だろう。女性らしい身体を得られなかったことを恥じ、落ち込みながらも、どこか安堵している自分もいた。

王家にはフロリアンがいる。

ディアナが跡継ぎを産めなくとも、弟が王になれば問題はない。

フロリアンが成人すれば、彼に玉座を継がせればよい。臣下たちがそう考えているのをディアナは察していた。彼らにとってディアナは中継ぎの女王でしかないのだ。

国のため、民のために、立派な王になりたい——。

少女の頃に抱いていた志は、挫《くじ》かれてしまった。

諦念《ていねん》の中でディアナは王族としての誇《ほこ》りも失いかけていた。

そんなディアナを自暴自棄にならぬよう支えてくれたのが、宰相のキッテル伯爵だ。

キッテル伯爵の存在をボーレン家は疎ましく思っていただろうが、民から信頼を寄せられている宰相を失脚させれば、民の信頼を失い反乱につながりかねない。キッテル伯爵が上手く立ち回っていたこともあって、ボーレン家は手を出せなかったようだ。

そのおかげで、ディアナも王宮で唯一信頼できる存在を失わずにすんだ。

キッテル伯爵は、ディアナが孤児院や病院などに慰問する予定を定期的に組んだ。

祖母に連れられ慰問をしていた幼い頃のように、己のできることをディアナは淡々とこなした。

『子どもたちから手紙を預かってまいりました。みな陛下に感謝しておりましたよ』

自分には何の価値もないと——。無力さに打ちひしがれ、自身に嫌気がさしていたディアナの心は子どもたちの言葉に救われた。

王都の外れにある農場にも視察に行った。

以前ハインツとともに訪れた農場だ。そのときのことを覚えている者がいて、ハインツとともにいた少女がディアナであると知られてしまった。平民風に変装をして身分を明かさなかったというのに、ディアナの佇まいは明らかに浮いていたらしい。

身分の高い方がお忍びで訪れて農場で働く人々の仕事を知ろうとしてくれ、拙《つたな》い手つきで懸命に稲刈りの手伝いまでしてくれた、とキラキラした眼差しで感謝された。

『一生懸命手伝ってくださっていましたから』

『私たちの仕事に関心を向けてくださり、ありがとうございます』

手伝うどころか迷惑をかけていたのに、と気恥ずかしくなったが……嬉しかった。

――ハインツは今頃どうしているだろう……。

思い出さないようにしているのに、彼のことが脳裏に浮かんだ。

ハインツはディアナと歩む未来を選ばず、何も告げずに隣国へ行った。

――何を学んでいるのか。どんな暮らしをしているのか。息災なのか。

気にはなっても、ディアナは一度もキッテル伯爵にハインツのことを訊ねなかった。

彼と自分の運命が交わる日は来ない。そう思っていた。

(なのに……再婚を望まれるなんて……)

心の中で溜め息を吐いたときだ。物音のあと「あねうえ」と高く澄んだ声がした。

侍女が止めるのも聞かず、フロリアンがディアナの元へと駆け寄ってくる。

「フロリアン。どうしたのですか」

ディアナは腰を屈め、フロリアンと視線を合わせ訊ねる。

「ははうえの、おともです」

その答えに、ディアナは恐る恐るフロリアンが現れたほうへと視線を向けた。黒のドレスをまとい、黒の日傘を手にした女性が、険《けわ》しい顔つきでこちらを見下ろしていた。

「フロリアンに近づかないで！」

女性――ディアナの母、マルグリットが声を張り上げる。

（……近づいてきたのは、フロリアンのほうだというのに……）

いったい私にどうしろというのだろうと、疑問に思いながらディアナは身を正した。

「フロリアン、こちらに来なさい！」

「……ですが……」

フロリアンが不安そうにディアナを見上げる。

「フロリアン！」

キツい口調で名を呼ばれ、フロリアンはしょんぼりとした様子で母の傍へと戻った。

「……王太后陛下。お身体は回復されたのですか？」

ディアナは戸惑いながらも、マルグリットに声をかけた。

「回復？　回復などしていないわ！　あなたには私が元気そうに見えるのかしら？」

マルグリットは綺麗に整えられた眉を腹立たしそうに寄せた。

白粉のため顔色はわからないし、体型もさほどの変化はない。元気そうにも見えるが、不調だと言われれば不調のようにも見えた。

「体調が優れぬため、祭儀には参加できないと連絡を受けていましたので」

身体が回復したのかと思ったのは、マルグリットが今ここにいるからである。

すでに終わってしまっていたが、予定の時間に遅れただけ。祭儀に参加するために大聖堂を訪れたのだと思ったのだが……違ったようだ。

マルグリットはディアナの言葉に「本当、嫌みな子ね」と憎々しげに言った。

「起きていると目眩《めまい》がするの。司祭の長話を聞いていられる余裕などないわ。今日は、ニコラウスに会いに来たのよ。私は毎日、こうしてニコラウスに会いに来ているの。あなたは？　何度、彼に会いに来てあげたの？」

葬儀のときから今まで、ここへは足を運んでいなかった。今日ここにいるのは、ニコラウスを悼むのが目的ではなく、祭儀があったから立ち寄っただけだった。

「……仮にも妻だというのに。人形のあなたには夫を想う心なんて、ありはしないのね。いえ……違うわね。ボーレン家が邪魔で、ニコラウスを陥れ《おとしい》、死に追いやったんですもの。ニコラウスが亡くなって、いい気味だと思っているんでしょう？」

マルグリットは真っ赤な唇を歪ませた。

いい気味だと思ってはいない。もちろんニコラウスを陥れてもいなかった。

けれど……自分が王としてしっかりしていれば、ニコラウスは国庫金に手をつけはしなかっただろうという忸怩《じくじ》たる思いがある。

ディアナは責め立てる母の言葉に、何も言い返せなくなった。

黙ったまま見返しているディアナに近づくと、マルグリットは手を振り上げる。

パチンと肌を打つ乾いた音がしたあと、じんと頬が熱くなった。遠巻きにしていた警護兵が慌てて寄ってくるのを、ディアナは右手を上げて制する。

「人殺し」

マルグリットは吐き捨てるように言った。

ディアナを押しのけ、マルグリットはニコラウスの墓の前で身を屈める。そしてディアナが置いた白百合の花束を乱暴に摑み、放り投げてきた。

母に嫌われているのは知っていた。

面と向かって嫌みを言われたことも、何度もある。

けれどここまで無作法な態度を取られたのは初めてだった。

戸惑うと同時に、憐れみも覚えた。幼い頃から親しかったニコラウスの死は、母にとってよほど辛く耐えがたいものだったのだろう。

ディアナは黙って白百合の花束を拾い上げ、ゆっくりと踵を返す。

母と姉のやり取りを目撃したフロリアンが、不安げにディアナを見上げていた。

弟に心配いらないと声をかけたかったが、マルグリットの怒りを煽るのでできない。

ディアナは弟から視線を逸らし、墓地をあとにした。


王宮に到着し馬車を降りたところで、ディアナはハインツと出くわした。

「陛下、お話ししたいことがあります」

「……何でしょう」

「できれば人のいないところでお話ししたいのです」

ディアナは心の中で溜め息を吐きながら「執務室で聞きましょう」とハインツを執務室に招いた。再婚問題が浮上している今、ハインツと極力二人きりになりたくなかったが、扉の外には警護兵がいる。おかしな噂は立たないはずだ。

「…………人目を避けてまで話したい用件なのですか」

「俺もさすがに人前でくどく勇気はないので」

「くどく……」

「ええ。あっさり、みんなの前でフラれたら傷つきますしね」

ハインツは飄々とした笑みを浮かべ、肩を竦めた。

先日、キッテル伯爵は帰国早々ディアナに求婚したハインツに注意すると言っていた。まだ注意を受けていないのか、それとも注意をされたうえで、このような発言をしているのか。どちらにしろ、もう一度きっぱりと、伝えておかなければならない。

「先日も、言いましたが……私は夫が亡くなったばかりなのです。フラれる、くどくなどの言葉を私に向けるのは、不適切です」

ディアナはハインツを見上げ、はっきりと言った。

ハインツは眉を寄せた。ディアナに拒否され不愉快になったのかと思ったのだが……。

「陛下、左頬をどうされたのです？」

「……ぶつけました」

ディアナは頬を隠すように手を当て、答える。マルグリットに打たれた頬はじんわりと熱をもっていた。ハインツが気づいたということは、おそらく赤くなっているのだろう。

「ぶつける？　頬をですか？　よほど器用にぶつからないと、そんなふうに赤くはなりませんよ」

咄嗟に嘘《うそ》を吐いてしまったが、マルグリットとディアナの不仲は王宮内では誰でも知っている。ハインツも、五年間の空白はあれどもディアナと母の関係を知っていた。今更隠す必要はない。

「王太后陛下にお会いして、ご機嫌が悪かったので。それで、です」

「それで……？　王太后陛下に、平手打ちされたのですか？」

「平手打ち……手で頬を叩かれたのです」

「同じことでしょう」

ハインツは呆れたように、溜め息を吐く。

「王太后陛下は、いつもあなたにそのような暴力をふるうのですか？」

ディアナは首を横に振った。

「暴力ではありません。今日は、気分が優れなかったようです。私の態度も悪かったので、つい手を上げてしまったのでしょう」

「理由があろうと、ついであろうと暴力は暴力です。警護兵は何をしていたんです？　あなたが平手打ちされるのを黙って眺めていたんですか」

ハインツが珍しく声に苛立ちを込め、訊いてくる。

「咄嗟のことでしたし、相手は王太后陛下でしたので」

マルグリットは見るからに不機嫌だった。母の不興を買い、やめさせられた侍女や兵士は少なくない。不穏な雰囲気を察して割って入ることもできたであろうが、警護兵たちも変にマルグリットを刺激したくなかったはずだ。

「相手が誰であろうとも、あなたに害をなそうとする者を止めるのが警護兵の仕事です。王太后陛下が怖くてあなたを守れない警護兵など必要ない。父に言って、警護兵を変えてもらいます」

「やめてください。警護兵たちもまさか、私が叩かれるとは思わなかったのでしょうし、叩かれたあとは私を庇《かば》おうとしてくれました。それを、大事にしたくなくて私が止めたのです。……母子の喧嘩《けんか》ですから」

「一方的に痛めつけられるのは喧嘩とは言いませんよ」

ハインツの返しに、ディアナは押し黙る。母に反抗し、不興を買いたくない。自分に当たり、母の憂鬱《ゆううつ》が少しでも解消するなら、それでよいとも思っていた。

ハインツは眼差しを険しくしたまま、そんなディアナを見据え続けた。

「暴力をふるわれたら、怒って当然です。大事にしたくはないといえ、許してばかりいるから、あなたには何を言ってもいい、何をしてもよいと思うようになるのでは？」

マルグリットへの態度だけでなく、暗にニコラウス、ボーレン家への今までの態度も責められている気がした。

五年間、ディアナは女王としての責任も果たさず、彼らの言いなりになっていた。

ボーレン侯爵は国政を思いのままにし、都合のよい法案を通して利益をむさぼる。そのしわ寄せは民にいった。

ニコラウスが国庫金に手をつけたのも、ディアナが甘く見られていたせいだ。

母に対しても、もっと毅然とした態度で接するべきだった。

ハインツの言葉は正しい。正論だからこそ、ディアナは不愉快な気持ちになった。

(私の五年間を何も知らないくせに……)

隣国で悠々自適《ゆうゆうじてき》に暮らしていたくせに、ボーレン家の権威が失墜した今になって帰国し、ディアナを諭す。彼の発言が正しいと自覚していても、素直に反省するのは難しい。

ディアナがじっとハインツの黒い瞳を見つめると、彼は穏やかに微笑みを浮かべた。

「陛下。俺に何かおっしゃりたいことがおありならば、どうぞ遠慮せずおっしゃってください」

「いいえ、別に。言いたいことなど何もありません。いえ……お話が終わったならば、退室してください」

「話は終わっていません。ですが……話よりも先に頬を冷やしたほうがいいかもしれませんね。氷を持ってきます」

「結構です。侍女に氷を持ってくるよう言付けてください。そしてそのまま、あなたは戻って来ないでください」

「酷いな。話は終わっていないのに」

ハインツは拗《す》ねたように唇を尖《とが》らせた。

(こんな子どもっぽい仕草をする人だったかしら……)

ディアナは呆れながらも「ならば早く、用件を話してください」と促した。

「……………あなたは私の話を聞いていなかったのですか？」

飄々とした態度で求婚され、ディアナは呆れた。

ハインツは薄く笑み、ディアナの手を取る。

「今すぐ結婚したいわけではありません。待ちますよ。あなたの気持ちが落ち着くまで。

……次の夫に俺を選んでほしいだけですから」

「……私は……」

ディアナは口ごもった。いくら待たれても、ハインツと再婚する気にはなれない。

「……待たれるのも困ります」

「今、求婚してもだめ。待つのも困る。俺はいったいどうしたらよいのですか？」

ハインツは肩を竦め、訊いてくる。

(帰国せず、遊学に行ったまま、セザム国で暮らしていてほしかった)

そうすれば、心を乱されずにすんだのに。

ディアナはハインツの手を振り払い、口を開いた。

「ハインツ、私は」

「そうだ、陛下。賭けをしませんか？」

ディアナの言葉を遮り、ハインツが言う。

「……賭け……？」

「俺は常々、あなたが爆笑している姿を見たいと思っていたんです」

「……ばくしょう……」

「ええ。ちなみに今まで、一度でも声を出して笑ったことはありますか？」

ディアナは己の人生を振り返る。記憶にある限り、爆笑した経験は一度もなかった。

「ありません」

「笑いは健康によいそうですよ」

ハインツはにっこりと微笑んでみせる。

「あなたが健康で何よりです」

ディアナが無表情で返すと、ハインツは「俺はあなたにも健康でいてほしい」と言う。

健康でいるために笑えと言っているのだろうか。

健康は大事だ。健康でいたいと思う。けれどだからといって、笑えはしない。

「意味もなく、笑うことなどできません」

「そうでしょうね。だから、俺があなたに笑いを提供しますよ」

「あなたは道化師の勉強をするために、セザム国へ遊学に行ったのですか？」

まさか道化師になりたくて、自分の元を去ったのか。

「そんなわけないでしょう」

ディアナの問いを、ハインツは呆れ顔で否定する。

「五年前、道化師と王配を天秤《てんびん》にかけ、道化師の道を選んだのかと思いました」

決して道化師という職業を下に見ているわけではないが、少しホッとした。

「ふっ、ははっ……そんなわけ、ないでしょう。あなたが俺を笑わせてどうするんです」

ディアナは別に笑わせるような発言はしていない。だというのに、ハインツは声を出して笑った。

「いくら健康のためであっても、私はあなたのつまらない言葉に爆笑しません」

ハインツがなぜ今笑ったのかもわからないのだ。

自分とハインツの価値観は違う。彼の冗談を、ディアナは理解できる気がしなかった。

「笑わない自信があるんですね」

「自信ではなく、笑えないと思うのです」

「ならば、笑ったら俺と結婚してください」

「…………なぜです?」

「笑ったら、あなたの負け。俺の願いを叶えてください」

「意味がわかりません。……私が笑わなければ、結婚の話を諦《あきら》めてくれるのですか」

「それはまあ……そのときに考えましょう。では、明日から賭けを始めますので、よろしいですね」

「よろしくないです」

はぐらかされているし、ディアナは何も納得していない。

「俺の冗談に笑ってしまいそうで、不安なんですか？」

「違います」

「なら、かまわないでしょう？　明日から笑わせに来るので、俺のために時間を空けてください ね。もちろん、政務の邪魔はしないようにします。では。また、明日」

会いに来られても困るし、賭けもしない。

そう言おうとしたのに、ハインツは勝手に話を終わらせ「失礼します」と言い残し、出て行ってしまった。

（……いったい、何なの……）

ハインツが何をしたいのかまったく理解できない。

ディアナが心の中で溜め息を吐いていると、少しして侍女が現れた。マルグリットに叩かれた頬を冷やすため、ハインツが侍女に氷を持っていくよう言付けたらしい。

鏡を見ると、左頬は真っ赤に染まっていた。

第三章　近づく距離

ニコラウスの死と、レハール王国に大規模な被害をもたらした嵐の日から、一ヶ月半。未だ避難生活を送っている者たちもいたが、少しずつ人々は復興に向けて動き出している。

ボーレン侯爵はニコラウスの件の責任を取るかたちでディアナの後見人から退《しりぞ》いた。貿易商会の投資の失敗でほとんど私財を失ったため、王都にある屋敷を売り払い、かろうじて残せた領地へ戻った。

この五年間議会を牛耳っていたボーレン侯爵が失脚したのだ。さぞかし混乱するだろうと身構えていたが、今のところ大きな問題は起きていない。

ボーレン家の派閥だった者たちも、不平の声すら上げずキッテル伯爵の顔色を窺っている。宰相であり、ディアナの傍で仕えるキッテル伯爵がボーレン家に代わるのだと思っているのだろう。

そして、臣下たちの多くはディアナの次の王配がキッテル伯爵の長男ハインツだと、考えているようだ。

ディアナはハインツとの再婚は考えていない。そう議会で伝えても誰も信じていない。

『人形女王』の発言を重く捉えていないのかもしれないし、おかしな賭けを挑んできたハインツがほぼ毎日ディアナの元を訪れているからかもしれない。

「あなたは……暇なのですか？」

午後を少しばかり過ぎた頃。

執務室に現れたハインツに、ディアナは冷めた眼差しを向けて訊ねた。

「父の仕事を手伝っていますが、まあまあ暇です」

ハインツは朗らかな笑みを浮かべて答える。そして重厚な机の上に、ハインツは掌《てのひら》ほどの大きさの箱を置いた。

「陛下。これを」

ディアナは目の前にある箱を一瞥し、机を挟んで向かいに立つハインツを見上げた。

「これは何ですか？」

「開けてください」

心の中で溜め息を吐きながらディアナが開けると、蛇を模した紙状のものがびよんと飛び出してくる。箱の蓋を開けると、バネの力で飛び出す仕組みになっているようだ。

「…………」

「驚いたでしょう？　びっくり箱です」

「……そうですか」

ディアナはゆっくりと瞬きをし、蛇を箱に戻そうとする。しかし、上手くいかない。

「蓋が閉まりません」

「ああ。これはこうすると、元に戻るんです」

ハインツは器用に蛇を折り畳み、箱を閉めてみせる。

「こうやって箱に戻し、何度も蛇が飛び出してくるのを見て遊ぶのですね」

ディアナはハインツが閉めた蓋を、再び開けた。びっくり箱の構造に感心しながら、先ほどハインツがしたとおりに飛び出してきた蛇を再び折り畳み、箱にしまった。

「……失敗ですね」

ハインツが残念そうに言う。

「失敗なのですか？　成功したら、もっと蛇が飛び出すのでしょうか？」

先ほどよりもっと勢いをつけて飛び出してくるのかと、ディアナは期待した。

しかしハインツは首をゆっくりと横に振った。

「びっくり箱の仕掛けは成功しています。蛇に驚いてくれるかと期待していたんですけど、平然としているから」

「いえ、驚きました」

意味深に箱を渡されたので何かあるのだろうと身構えていたが、蛇が飛び出してくるとは思わなかったし、ディアナなりに驚いていた。

「驚いていたんですか？　キャアッと可愛く悲鳴を上げてくれるのを期待していたんですけど」

蛇が嫌いな女性は多いですし、とハインツは続けた。

自分だけでなく、この箱を他の女性に見せたのか。そして、その女性はキャアッと可愛い悲鳴を上げたのだろうか。胸の奥がざわざわする。

「私は蛇が嫌いではありませんので」

ディアナは無表情で言った。

「嫌いなものなら驚きますか？　あなたの嫌いなものといえば……かぼちゃですか。かぼちゃをここにくっつけるのは、難しそうだ」

昔、かぼちゃが嫌いだとディアナが言ったのを覚えていてくれたらしい。けれどあのときと同じく、ハインツは間違っていた。

「かぼちゃでも、驚かないと思います」

「もしかして、かぼちゃ嫌いを克服しましたか？」

「いえ、かぼちゃは苦手なままです。前にも言いましたが、かぼちゃは見た目が嫌いなのではなく、かぼちゃの皮の味や食感が苦手なのです」

「ああ、そうでしたね」

ハインツは懐かしむように目を細めて微笑んだ。ざわついていた心が、つきりと痛む。

ディアナはハインツから目を逸らし、箱に視線を落とす。ふいに箱を活用する案が浮かんだ。

「この……蛇の口に何か、お菓子的なものをくっつけると楽しいかもしれませんね」

「お菓子的なもの？」

「ええ、孤児院の子どもたちに見せれば、みなきっと喜んでくれるでしょう」

孤児院に行くとき、ディアナは衣類や日用品の他、菓子も持参していた。

こういう仕掛けで菓子を渡すと、面白い気がした。最初は驚くかもしれないが、菓子がくっついていると気づいたら、きっと喜んでくれる。

「うーん。蛇だと怖がらせてしまうかもしれませんね。何か……もっと可愛いものと一緒に、お菓子が飛び出してくるようにしましょうか」

ハインツもディアナの案に賛同してくれた。

「そういえば、かぼちゃ嫌いなのは知っているのに、好きなものは訊いたことがなかったな。陛下は何が好きなんですか？」

「……食べ物ですか？」

「何でもいいですよ。食べ物でも動物でも。読書好きなのは知っているので、それ以外で」

ディアナは僅かに眉を寄せ、考える。

何も思い浮かばない。動物はどれも好ましく思っていたし、果物も好きだ。何か、特別に好きだというものはなかった。

「あなたは、何が好きなのですか？」

思いつかなかったので、ハインツに質問を返した。

「俺は……そうだな。強いて言うなら、ディアナが一番好きですよ」

にっこり微笑みながら言われ、ディアナは真顔になった。

「そこまで白けた顔をしなくても。傷つきますよ」

傷ついたにしては、ふふっと小さく声を出し、ハインツは笑っている。

一瞬『好き』という言葉を本気にしかけたのだが、冗談だったようだ。

「……ハインツ。用がないなら、退出してください。そろそろ午後の議会の時間です」

「わかりました。びっくり箱を、いくつか用意しておきますよ。今度、孤児院に慰問に向かわれるときは、俺も同行させてください」

ディアナが答えを躊躇《ためら》っているうちに、ハインツは礼をして部屋を出て行った。

一人きりになり、ディアナは背もたれに寄りかかり、肩を落とす。

(びっくり箱も……好きという冗談も……まったく笑える気がしない)

必死に笑わせようとしているのに、まったく笑えずにいると少しだけ申し訳ないような気持ちになる。ハインツは賭けでディアナを笑わせようとしているのだ。笑える気がしないからといって、ディアナが心苦しく思う必要はないのだけれど。

先日はセザム国で流行っていたという、逸話を脚色した絵本を渡された。興味深くはあったが、笑えなかった。

五日ほど前には、こんな話をされた。

『セザム国で、商会を取り仕切っている男性と会ったときのことです。老獪で偏屈《へんくつ》な人だと聞いていて、緊張していました。それで実際会うと耳にしていたとおりの人でして、覇《は》気《き》というのかな……圧倒され怯《おび》えてしまいました。ですが……会話しているときに気づいてしまったんですよね。鼻毛が出ていることに。話すたびに、鼻毛がピロピロ揺れているんです。我慢できなくなって、爆笑してしまいました』

鼻の毛は鼻を守るために伸びているのだ。それを笑うのは失礼だとディアナが言うと、ハインツは『俺の鼻から鼻毛が出ていても笑いませんか?』と訊いてきた。

『あなたの鼻から鼻の毛が出ていたら、鼻の毛が出ていますと指摘はします。けれど笑いはしません。あなたこそ、私の鼻から毛が覗いていたら、爆笑するのですか?』

ディアナは人形と呼ばれているが、人間である。鼻の毛が出てしまうことだってあるかもしれない。それを笑われたら、腹が立つより、傷ついてしまいそうだ。

『笑いません。ディアナなら鼻毛が出ていても可愛らしいですし』

ハインツはじっとディアナの鼻を見つめて答えた。ディアナはハッとして鼻を押さえる。彼があまりにも凝視してくるので鼻の毛が出ているのではと不安になったのだ。

そんなディアナを見て、ハインツは『ふははっ！　出てませんよ』と吹き出していた。

（……私を笑わせるのではなく、彼のほうがいつも笑っている……）

釈然としない。それにやはり、どれだけ挑戦されてもハインツのよくわからない話を面白いと感じる日がくるとは、到底思えなかった。

そもそもハインツが一方的に言い出した賭けだ。ディアナは同意していない。

（迷惑だと……正式にキッテル家に苦情を入れ、ハインツの面会を拒むこともできる。けれど……）

ハインツを拒んでも、キッテル伯爵は変わらずディアナに仕えてくれるだろう。

だがあからさまにハインツを避けると、ディアナとキッテル家の関係が拗れていると疑い不安に思う者が出るかもしれない。

ディアナはまだ、民や臣下から女王としての信頼を得ていない。キッテル伯爵の存在があるから、かろうじて威厳を保てているのだ……。

その三日後、ディアナはハインツを伴い、王都内にある孤児院へ向かった。

ハインツはびっくり箱を、子どもの人数分用意してくれていた。

数多く用意したため、凝ったものは作れなかったようで、蛇の部分は色のついたバネのみ。その先には包装された小さな焼き菓子がくっつけられていた。

蛇の部分はともかく、焼き菓子が小さすぎるのは残念だった。けれど、大きいと重さで上手く飛び出なかったらしい。

『代わりに箱の中にお菓子を詰めています』

そう言われて箱を覗き込むと、色鮮やかに包装された焼き菓子がびっしり入っていた。

孤児院に着き、子どもたちに箱を配る。

びっくり箱を開けた子どもたちは飛び出してきたバネに驚き、きゃあきゃあ騒ぐ。けれど騒ぎはすぐに収まる。子どもたちはびっくり箱の中に入っていた焼き菓子のほうに夢中になっていた。

「今日は、ありがとうございました」

ディアナは帰りの馬車の中、向かいに座るハインツに礼を言った。

びっくり箱を届けに孤児院に立ち寄っただけなので、今日は侍女を同行させていない。

馬車の周りには警護兵がいるが、馬車内はハインツと二人きりだった。

「俺が勝手にあなたの慰問についてきただけなのに、なぜお礼を？」

ハインツが訝しげに訊いてくる。

「びっくり箱を、たくさん用意してくれましたので」

「まあまあ暇だと言ったでしょう？　いい暇つぶしになりました。子どもたちだけでなく、あなたも喜ばせることができたようですし」

ハインツが目を細め、にこやかに言った。

（……どうして喜んでいるとわかったのだろう）

子どもが特に好きというわけではないが、幼子たちの騒がしい声を聞いていると元気になる。無邪気な姿に心が浮き立つが、ディアナはどんなに嬉しくても人前ではいつもどおり終始、無表情だ。今日も表情を崩さなかった……と思う。

「どのような理由から、私が喜んでいると判断したのですか？」

「え？　喜んでいなかったんですか？」

「いいえ、喜んでいました。けれど……私は、喜んでいるようなそぶりを、あなたに見せたのでしょうか？」

「ああ、自分では気づいていなかったんですね。陛下は喜ぶと、髪の毛が動くんです」

ディアナの問いに、ハインツが答える。

「髪の毛が……動く……？」

「そう犬の尻尾みたいに」

ブンブンと尻尾を振る犬を脳裏に思い浮かべた。

ディアナは今日、腰まである長い髪を編み込んで、まとめていた。なので、バサバサと髪全体は動かないはずだ。毛先か、後れ毛が動いていたのかもしれない。

(……今までも、動いていたのだとしたら……)

風も吹いていないのに、髪だけ動くなど異常な光景である。

「みな気づいていて、黙っているのでしょうか?」

ディアナは人形女王と揶揄されているとはいえ、この国の王である。

使用人と気楽に話し合える仲でもない。みなディアナに気遣い黙っていたのかもしれない。だとしたら、申し訳ない。そう思ったのだが。

「いえ、みんな気づいていませんよ」

ハインツはさらりと答えた。

「気づいていない……?　……そうかもしれませんね。喜ぶこと自体、そう多くありませんし……」

よくよく考えてみれば、今日のように喜んだことなど、今までの人生を振り返っても数度しかない。髪が動いたのを見た者がいたとしても、目の錯覚だと思うに違いない。

「あなたを真に愛する者にしか、髪が動いているのは見えないんですよ」

「真に愛する者……？」

「そう。だからあなたの髪が動いているのに気づけるのは俺だけです」

じっと見据えられ、胸が弾んだのは一瞬だった。すぐに揶揄《からか》われているのだと気づく。

ハインツの薄くかたちのよい唇が小刻みに震えていたからである。

「……くだらない冗談はやめてください」

「くっ……ふはっ……ははは」

ディアナがじとりと睨むと、ハインツは吹き出した。

「髪は動きませんが……あなたが喜んでいると、幻の尻尾が見えるのは本当ですよ。あと怒っているときは、毛が逆立っているように見えます」

「目の病気かもしれません。治療すべきです」

ディアナの助言に、ハインツは何がおかしいのか、再び笑い始めた。

結局、ディアナではなくハインツばかりが笑っている。

「あなたが笑ってばかりで、私はちっとも笑えません。あの賭けは、私の勝ちで終わりにしましょう」

ディアナは呆れて言うと、ハインツは首を横に振る。

「俺はまだ諦めていません。あなたを笑わすことも、あなたの夫になることも」

唇は柔らかに笑んでいたが、ハインツの眼差しは真剣だった。

（五年前は、あんなにあっさりと……私の前から消えたくせに……）

「なぜ……そこまで王配という身分に固執するのですか？」

五年前の出来事を持ち出すのは未練たらしく感じられ、『今更』という言葉を省いて、ディアナは問うた。

「王配になりたいわけではありませんよ」

ハインツの言葉に、ディアナは僅かに眉を寄せた。

「王配になりたくないのなら、なぜ、私に求婚したのです？」

「王配にならないと、欲しいものを得られないので」

「欲しいもの……？」

（ハインツは権力を欲しがっているのだろうか）

キッテル家は、ボーレン家やニコラウスのように、この国での発言力を欲しているのだろうか。遊学に行く前、婚約者だった頃のハインツは、いつも飄々としていて権力というものに興味はなさそうだったけれど。

五年もあれば人は変わる。心境の変化があったのかもしれない。

「キッテル伯爵も、あなたと同意見なのですか？」

以前、キッテル伯爵は再婚はディアナの気持ちに任せると言っていた。他の者たちがディアナとハインツの婚姻について話していても、肯定も否定もせず『私にはわかりませんよ』といつも苦笑いしている。

しかし本心では、ディアナとハインツの婚姻を望んでいたのか。

それともこれは、あくまでハインツの個人の野心なのだろうか。

「なぜ、父の話を？」

ディアナの問いに、ハインツは訝しげに首を傾げた。

「キッテル伯爵も……あなたを王配にしたいとお考えなのですか」

重ねて問うと、ハインツは小さく息を吐く。

「前にも言いましたが、父に命じられて求婚しているわけではありません。……父がボーレン家のように、俺を王配にすることであなたを傀儡にするつもりではないかと、まだ疑っていらっしゃるんですね」

ディアナはたじろぐ。この五年間、キッテル伯爵はディアナを支えてくれていた。だというのに疑うのか、と責められている気がした。

「……キッテル伯爵を信頼していないわけではありません。ただ、あなたが王配にならなければ欲しいものが得られないと言うので……キッテル伯爵も同じ考えなのかと」

ディアナは弁明するように言った。

「ああ……俺の欲しいものが権力だと思ったのか。……もしかして、俺の求婚を今まで拒んできたのは、父や俺があなたを傀儡にするかもしれないと、不安に感じていたからですか？」

「いえ、それが理由というわけでは……」

言葉尻を濁し、ディアナは目を伏せた。

確かにハインツの言うとおり、頼りにしながらもキッテル伯爵の発言力が今以上に増すのではと不安に感じていた。ハインツと再会したときも、キッテル伯爵が次の王配としてハインツを呼び戻したのではとディアナは疑った。

だが、それがハインツとの再婚を考えられない理由ではない。

「キッテル伯爵の人柄は知っています。この五年間、不甲斐ない私をずっと支えてくれましたから」

キッテル伯爵は権力を握ったとしても、ボーレン家のようにディアナを、そしてこの国の民を蔑ろにはしないだろう。彼にすべて任せてしまったほうが、この国のためになると思いもする。

「父は古狸なんですよ」

「……古狸……？」

キッテル伯爵は白髪で痩《や》せ型の中年男性である。

ハインツと似ている面立ちは、年を重ねても凛々《りり》しかった。

「老いた狸のようには見えません」

「年老いた狸ではなく、ずる賢いという意味ですよ」

「そちらの意味ですね……。いえ、そちらも同意しかねます。キッテル伯爵は誠実なお方です」

「ボーレン家に睨まれながらも、宰相で居続けられたのは、あなただけでなく彼らにもいい顔を見せていたからです。信用しすぎるのはどうかと思いますよ」

キッテル伯爵がボーレン家と、一定の距離を置きながらも上手く付き合っていたのは、ディアナも知っている。世渡りが上手いだけだ。不誠実なわけではない。

ハインツがなぜ自身の父を貶《おとし》める発言をするのか、ディアナはわからなかった。

「……何が言いたいのですか？」

「五年前、あなたはまだ十五歳だった。後見人のボーレン侯爵だけでなく王太后陛下もいらっしゃる。ボーレン家と張り合える力など、持ちようがなかったのでしょう。けれど今は違います。臣下の意見に耳を貸すのはよいことですが、言いなりになる必要はない。傀儡にならぬよう、あなた自身も力をつけていくべきです」

女王として――と、ハインツは言った。

「……私は……」

ディアナは口ごもる。

女王なのだ。王族としての権威と威厳は守らねばならない。

なのに、つい弱気になってしまう。そんな自分が情けなかった。

「父を出し抜くような気持ちでいたほうがよいですよ」

ハインツの言葉どおりではあるのだが……諭すような口調に胸の奥がざわざわした。

「……私が力をつけたら、あなたは困るのではありませんか？」

ディアナはちらりとハインツに視線をやり、訊ねる。

「困る？」

「あなたは先ほど、王配にならないと欲しいものを得られないと言いました。この国を恣《ほしいまま》にしたいのでしょう？」

キッテル伯爵はともかく、ハインツには野心がある。彼自身が、そう口にしたのだ。

なのになぜ、ディアナに女王として力をつけろと助言をするのか。

ディアナが問うと、ハインツは微笑んだ。

「俺が欲しいものは権力などではありませんよ」

「違うのですか？」

「俺が欲しいものは、あなたです。王配にならないと、あなたを得ることができないでしょう？」

ハインツは唇に笑みを浮かべたまま、じっとディアナを見つめてきた。

ディアナは動揺する心を隠すように、ハインツへの眼差しを険しくさせた。

「…………つまらない冗談はやめてください」

「つまらなくないですし、冗談でもありません。この国を恣にしたいなど、かけらも思っていません。あなたを恣にしたいとは思っています」

「……自分の思うまま、私を傀儡のように扱いたいということですか？」

欲しいというのは、やはりそういう意味なのか。

落胆と納得が入り混じったような、不思議な気持ちになった。

「人形のようになって振る舞ってほしいわけではありませんよ。あと、恣にしたいのは閨のときだけです。それ以外では、女王陛下の忠実な僕です。いえ……まあ、閨の中でも、あなたが女王のように振る舞うのは、楽しそうですけれど」

ディアナは最初、ハインツの言葉の意味がわからなかった。

ハインツが口にする意味深な『恣にしたい』という言葉は——と考え、鈍いディアナもハインツが低俗な冗談を口にしていると気づいた。

「……そういう冗談は、流行なのですか？」

ニコラウスも時折、低俗な言葉をディアナに向けることがあった。

それを思い出し、ディアナは嫌な気持ちになる。

「……流行？」

「ニコラウスがときどき、そのような低俗な冗談を口にしていました」

「……へえ。俺と同じようなことを、あなたに言っていたんですか？」

ハインツが抑揚のない口調で訊いてくる。ニコラウスの発言はハインツと違い曖昧《あいまい》な言い回しではなく、もっと直截《ちょくさい》的な言い方だった。

『少女や幼女を好きな輩《やから》なら、君の身体に満足するんじゃないかな』

『閨の中で、お人形遊びをする趣味はないんでね』

『胸も尻も、肉付きがまったくないから触っても楽しくない。もっと太ったほうがいい』

性行為を拒否してからというもの、ディアナを見ると疎ましげにその手の発言をするようになった。

「……いえ、よく考えるとニコラウスの発言は、冗談ではなく……本気でした」

ディアナを揶揄しているというより、本気で嫌っていた。

「俺も冗談ではなく、本気ですよ」

ハインツの手が伸びてきて、太ももの上に置いていたディアナの手に触れた。

「……ハインツ？」

どうしたのですかと問いかける前に、向かい側にいるハインツが身を乗り出してきた。

ハインツの端正な顔が近づいてきて抵抗する間もなく、彼の唇が自らの唇に重なった。

ディアナは処女だが、閨についてはひととおり学んでいる。だから、口づけの経験はなくとも、口づけの存在は知っていた。

（なぜ……私は口づけをされているのだろう）

驚いた。驚いて、頭が真っ白になり、激しく動揺した。

ディアナはハインツの手を振り払う。

そして——両手で彼の両頬を叩いた。

バチン、と肌を打つ小気味のよい音が馬車の中に響いた。


「陛下。ハインツが無礼を働いたようで……申し訳ございません」

翌日。執務室で書類に目を通しているディアナのもとへ訪れたキッテル伯爵は深々と頭を下げた。

「…………ハインツが話したのですか」

ディアナは居たたまれない気持ちで確認する。口づけをしてしまったと、父親であるキッテル伯爵にハインツは報告したのだろうか。

「頬が赤かったので、訊ねたのです。陛下に叱られてしまったと、申しておりました」

「何があったのかは……」

「詳しくは聞いておりません。無礼を働いたとだけ」

さすがに『口づけ』をしたとはハインツも父親に言い辛かったようだ。

あのあと、ディアナは我に返って、叩いてしまったことを彼に謝った。

ハインツは『いえ、先に手を出したのは俺のほうですから。こっちこそ、すみません』と微笑みながら謝罪を口にした。

ディアナは非力だ。けれど力一杯引っぱたいたせいで、ハインツの滑《なめ》らかな頬は、両方とも赤く染まっていた。母に叩かれたときのことを思い出し、馬車から降りたらすぐに氷で冷やすようハインツに言った。王宮に着くとハインツと別れたため、彼がその後きちんと頬を冷やしたのかわからないし、今どのような状態なのかも把握できていない。

「……腫れていましたか……？」

不安になり訊ねると、キッテル伯爵は首を横に振る。

「薄らと赤くなっていましたが、今朝にはもう何ともありませんでしたよ」

「私のほうこそ、ご子息に暴力をふるってしまいました。申し訳ありませんでした」

ディアナは安堵し、詫びた。

あのときのハインツは手をただ重ねていただけ。ディアナの抵抗を封じようとする意思は感じなかった。頬を叩かずとも、胸を押しやればハインツは退いたはずだ。

「いえいえ、無礼を働いたほうが悪いのですから。ハインツも反省しておりました……まあ多少、喜んでもおりましたが」

「喜ぶ？」

ディアナが訝しんでいるのに気づいたのか、キッテル伯爵は苦笑を浮かべた。

「いや、陛下に叩かれて喜ぶという変質的な嗜好《しこう》があるというわけではなく、陛下が感情のままに行動されたことが嬉しかったようです」

ハインツとの賭けは『ディアナが笑うかどうか』である。ディアナが怒ったり、苛立ったりしても、賭けに勝つわけではない。なぜ喜ぶのかわからない。

「陛下はいつも感情を抑え込んでおられるでしょう？　怒りがあっても、顔には出さず我慢をされている。そんなあなたが、嫌だと素直に反応してくれた。ハインツはそれを特別な出来事だと感じたようです」

ディアナは祖母が亡くなったときのことを思い出す。

あのときハインツはディアナに、『慕っていたお祖母様が亡くなって泣くのも許されないなんて、間違っている』と言った。

『婚約者の前でも、泣いてはならないのですか？　俺の前でくらい、泣いてもよいと思います』と言って慰めるよう抱きしめてくれた。

けれど、ディアナは泣かなかった。

泣いてはならない。怒る姿、笑う姿を、みなに見せてはならない。感情を見せれば、臣下は侮り、民は不安になる――。

ディアナは、幼い頃から聞かされてきた祖母の言葉を守り続けていた。

侍女の前でもディアナは、感情を見せぬよう気をつけてきた。祖父や母、ニコラウスの前でも、ディアナは泣いたり怒ったり笑ったりする姿を見せなかった。

（けれど……結局、私は臣下たちに侮られてしまった……）

人形女王と揶揄され、民たちからも女王としての資質を疑われている。

「王として、感情を抑え込むことが正しいのだと……今までそう思っていました。けれど私のその態度は、みなの目には冷たく映るのでしょうか。それこそ人形のように、心がないと思われているならば、改めたほうがよいのかもしれません」

祖母の言葉を疑いもせず、信じ込んでいた。しかし指導力のある王ならばともかく、冷たく薄情なだけの王が、民から信頼されるわけがない。

今まで疑問にも思わなかった。自分の愚かさに気づき、ディアナは情けなくなった。

「先王……陛下のお父上も、感情を見せないお方でしたね」

キッテル伯爵は過去を懐かしむように目を細める。

「感情の起伏の激しい王だと、臣下たちは畏怖するでしょう。臣下たちは怯え、王の顔色ばかり窺うようになるかもしれない。人前で感情を抑え込むことは、決して間違いではないと私は思います。それに……陛下の周囲の者は私を含めて、心がない、冷たいなどとは思っておりませんよ。陛下は臣下たちだけでなく、兵や侍女にも、丁寧な言葉遣いで声をかけておられますし」

「……しかし民は……」

「大多数の民は、王の表情などさほど興味はないでしょう。豊かになれば民は王を讃える。貧しくなれば批判するだけです」

ディアナは返す言葉が見つからなかった。

キッテル伯爵の言うとおり、民はディアナの表情を気になどしていない。

民や臣下がディアナを女王として信頼していないのは、感情を露わにしないのが理由ではなく、ボーレン家の言いなりだったからだ。

キッテル伯爵は「……ただ」と話を続ける。

「いつも感情を抑えてばかりだと、陛下も気疲れするでしょう。信頼の置ける相手の前では、もう少し感情のままに振る舞ってもよいと思います」

別に気疲れなどしない。そう言いかけ、ディアナは口を噤《つぐ》む。ニコラウス、そして母マルグリットとの関係が悪化したのは、ディアナが感情を抑えていたせいだ。

『人形のようで気持ち悪い』

ニコラウスとマルグリットは、よくそう口にしていた。

感情を見せない相手を、ニコラウスは妻だと思えなかったのだろう。マルグリットは感情を見せないディアナを娘だと思えず疎み、天真爛漫《てんしんらんまん》なフロリアンを溺愛していた。

『マルグリット……すまない……すま……ない……』

父は最期のとき、母に詫びていた。

その謝罪にどのような気持ちがあるのかはわからない。しかし。

（父上は……母に対し感情を見せなかったことを、悔いていたのかもしれない）

「……陛下？」

目を伏せ、考え込んでいるディアナに、キッテル伯爵が案じるように声をかけてくる。

「いえ……。五年もの月日があったのに、夫のニコラウスに対しても感情を見せないようにしていたと、今になって気づき……反省をしておりました」

「お亡くなりになった方を貶めたくはないのですが、ニコラウス王配殿下は陛下の感情を受け止める度量はなかったように思います。あの方は常に自分本位でしたから」

ディアナの言葉に、キッテル伯爵は渋い顔をする。

「ハインツは自分本位ではないのですか？」

口にしてから、嫌みに聞こえるかもしれないと気づく。

「今の質問は忘れてください」

すぐに撤回したディアナにキッテル伯爵は苦笑する。

「ハインツも自分本位です。陛下を受け止める度量も、もしかしたらないかもしれません。ただ――陛下の力になりたいと、陛下をお支えしたいと思う気持ちに偽りはないと、私はそう信じております」

十一歳のときに出会ってから四年間。

ディアナはハインツと多くの時間をともにしていた。

飄々としていて、慇懃。ディアナをよく揶揄いはしたが、その眼差しはいつも優しく温かかった。

離れていたこの五年間で、ハインツも変わったとは思う。それでも本質的な部分は、ディアナの知る彼のままだ。

「五年前の遊学は、私がハインツに命じました」

呟くようなキッテル伯爵の言葉に、ディアナはハッとして彼を見つめた。

「先王がお亡くなりになったあと、ボーレン侯爵が陛下の後見人になりました。ハインツが王配になり、我らがともに陛下を支えていく……議会はその体制を望んでいましたが、ボーレン侯爵は違いました。私とともに陛下を支えていくつもりなどなかった」

淡々とした口調でキッテル伯爵は続ける。

「どうしてもニコラウス殿を王配に据えたかったのでしょう。私の一族に圧力をかけるようになってきました。そして……このままだとハインツの命はないと、そう脅され、息子を遊学させることにしました。陛下、私は息子を失いたくなかったのです」

だから婚約を解消させハインツを遊学に行かせたのだと、深々と頭を下げ謝罪をした。

ハインツは最初、遊学を拒んでいたという。しかし、ハインツの命だけでなく、キッテル家のすべての者たちが危険に晒《さら》されると説得され、ようやく頷いたのだという。

「私はハインツを王配にと、望んでいるわけではありません。今は五年前とは違うのですから、陛下はゆっくり将来をお考えになり、自由に選ぶべきだと思っております。たとえ、どのような選択であろうと私は陛下の意思に従います。……ハインツを今回も説得できるかはわかりませんが」

キッテル伯爵は苦く笑みを浮かべて、そう言った。


政務を終えたディアナは王宮の書庫へ向かった。

災害対策について学ぶために文献を開いていたが、キッテル伯爵の言葉が脳裏をよぎり、集中できずにいた。

『ディアナ様、ハインツはレハール王国を発ちました。セザム国に遊学へ行き、しばらく帰国はしないでしょう』

五年前、キッテル伯爵にそう告げられたとき、態度には出さなかったが心の中では激しく動揺していた。ハインツから『ともに成長していきましょう』と言われたばかりだったからだ。なぜディアナに何も言わずにハインツはセザム国に行くのか。不思議でならなかったし、彼に裏切られたとも思った。

『あなたの傍で、あなたをずっと支え続けます』

かつてくれた約束までもが、軽く、安っぽいものとなった。

ハインツにとっては、その場限りの、大して意味のない言葉だったのだ。そんな言葉を信じていた自分が恥ずかしかった。

笑いもしなければ、泣きもしない。

感情を見せないディアナの面倒を見きれないと思ったのか。

それとも、王配という立場を堅苦しく感じ、嫌になったのか。

心の中のハインツに何度も問いかけ、答えてくれない彼を恨んだ。

けれど、恨みながらも本当は――ハインツが遊学に行った理由が彼だけの問題ではないと、キッテル伯爵に婚約解消の申し出をされたときから気づいていた。

煙たい存在だった王太后と王がいなくなり、残されたのは年若いディアナのみ。

そんな絶好の機会を野心家のボーレン侯爵が逃すはずがなかった。宰相のキッテル伯爵と協力して国を守ろうなどと考えるはずもない。むしろ、民の人気が高く、臣下からの信頼が厚いキッテル伯爵の存在は疎ましかったはずだ。

（ボーレン侯爵の企みで、遊学に行かざるを得なくなったのだろうと思っていた……けれど、まさか命の危険を感じるほど脅されていたなんて……）

もし彼の身に危険が及んでいたら――想像しただけで、胸が苦しく痛くなった。

トン、という物音がする。ディアナはハッとし、音のしたほうへ視線を向ける。

ハインツが書庫の扉を開けて、顔を覗かせていた。

「勉強中にお邪魔をしてしまい申し訳ありません」

ハインツはゆっくりとした足取りで近づいてくると、ディアナの座っている向かい側の椅子に腰掛け、机の上に置かれた本に視線を落とした。

「災害対策のお勉強ですか？」

「警護兵がいたはずです」

書庫の前には警護兵が立っている。だというのに、なぜ侵入者がいるのか。

「陛下に用がありますと言ったら入れてくれました。ですが、確かに不用心ですね。警護兵たちには、注意しておきましょう」

ハインツは飄々とした態度で返した。

宰相の息子で、ディアナの元婚約者。そして次の王配候補。

王宮内で、ハインツの存在はそう認識されている。そのため、警護兵は彼が危険人物ではないと判断して通したのだろう。

（いえ、あの警護兵は確か五年前……それ以上前から、ここの警備をしている。ハインツが昔、ここに出入りしていたのを知っているから、通してしまったのかもしれない）

心の中で溜め息を吐きながら、ディアナはハインツの顔を観察する。

キッテル伯爵の言っていたとおり、頬は腫れてはいないし、赤くなってもいなかった。

「……何の用でしょう？」

「俺も読書しようと思いまして」

「ここは原則的に、王族しか立ち入りは許されていません」

「もちろん、存じ上げております。俺が過去に、ここを利用できていたのはあなたの婚約者だったからですし」

「…………もしかして、それが理由なのですか？」

「理由？」

「ここを利用したいがために、私に求婚しているのですか？」

ハインツは目を瞠ったあと、乾いた笑い声をこぼした。

「今更そんな質問をされるとは思っていませんでした。もしかして冗談ですか？　あまり面白くないですよ」

呆れたように言われる。つい訊ねてしまったが、確かにいくらハインツでもそんな些細《ささい》なことを叶えるために、王配になろうとはしないだろう。

ディアナは目を伏せ、「そうですね」と呟いた。そして、頬を叩いた件を詫びる。

「……頬が腫れていないようで、安心しました。すみませんでした」

「何度も言いましたが、あれは俺が悪いのです。あなたが謝る必要はありません」

「けれど……どのような理由があろうとも、暴力は暴力です」

以前ディアナがマルグリットに叩かれたとき、ハインツが口にした言葉を借りる。

「暴力は暴力です。けれど自分を守るための暴力は、正当防衛ですよ」

ハインツは穏やかな声音で返すと、机の上に置いていたディアナの手を取った。

「あなたのほうこそ。俺の頬を叩いたせいで、あなたの掌が腫れていないか心配していました」

ディアナの掌を指でなぞり、ハインツは「よかった。腫れていませんね」と口にした。

ハインツの大きな手の温かさ、触れてくる硬い指先の感触に胸の奥がざわめく。ディアナは慌てて手を引っ込める。

「……なぜ口づけをしたのですか？」

僅かな沈黙のあと、ハインツに触れられたばかりの、彼の感触が残る手をぎゅっと握り込み、目を伏せたままディアナは訊ねた。

「なぜ口づけをしたのか。理由をお知りになりたいのならば、今ここであなたへの想いを言い連ねますよ。言葉より、書面のほうがよいなら、明日中には書いて提出します」

自分から口づけをした理由を訊ねたくせに、なぜか今は知らないほうがよいと思う。

自身の揺らめく感情を、ディアナはどう処理してよいのかわからなかった。

「あなたが……俺との結婚を拒んでいるのは、ニコラウスを忘れられそうにないからですか？」

黙っていると、ハインツがそんな質問をしてきた。

恨んではいないものの、夫ニコラウスからかけられた言葉の数々により、ディアナは女としての自尊心を失っていた。

執務室でのし掛かられたときの恐怖も記憶に残っている。けれどその記憶のせいで、ハインツとの再婚を断っているわけではない。

「あなたとの結婚を拒んでいるのは、ニコラウスが理由ではありません。もちろん、ニコラウスのことも生涯、忘れはしないでしょう。……彼が罪を犯したのは私のせいです。私がもっとしっかりしていれば、彼は罪を犯さずにすんだ。ニコラウスの死に責任と……罪悪感を抱いています」

ボーレン侯爵が失脚すると、臣下たちはキッテル伯爵へとすぐに鞍替えした。ディアナを尊重する伯爵に倣い、女王を敬う態度を見せるようになったのだ。

接し方が変わっても、彼らが内心ではディアナを侮ったままなのはわかっていた。しかし議会で存在しない者として扱われていた頃に比べれば居心地がいい。

ディアナを取り巻く今の状況は、ニコラウスの死と、彼が礼拝堂に残した手記によってもたらされたものだ。

国庫金の横領がうやむやに処理されていたら、ディアナは信頼できない女王だと民に失望され臣下には蔑まれ、追い詰められていただろう。

ニコラウスが死んでくれてよかった——ふとした瞬間、心の中でそう思ってしまう無力で身勝手な自分をディアナは恥じていた。

「ニコラウスが罪を犯したのは、彼自身の問題です。あなたが責任を感じる必要など何ひとつありませんよ」

ハインツは淡々とした口調で言う。

「私が女王としてしっかりと彼を見張っていれば……。彼と良好な関係を築いていたなら、ニコラウスが罪を犯す前に、私に相談していたでしょう」

『あなたが、あなたがっ、ニコラウスを死に追いやったのよっ！』

ニコラウスの葬儀で投げつけられたマルグリットの言葉を思い出しながら、ディアナは「私が彼を死に追いやったのです」と言った。

ハインツは長い息を吐く。

「ニコラウスはそもそも、あなたから王としての権限を取り上げようとしていた者たちの一人でしょう？　彼はあなたに、しっかりとした女王になど、なってほしくなかったのでは？　良好な関係を築かなかったのも、王配でありながら国庫金の横領という重罪を犯したのも、彼自身の意思だ。ボーレン家が事業に失敗したのが原因なのです。ボーレン侯爵や派閥の者たちが責任を感じるのならわかりますけど、あなたが彼を死に追いやったと悔いる意味が、まったくもって理解できない」

「………ですが」

「ですが?」

ハインツの黒い双眸が、ディアナをじっと見つめていた。

彼の言うとおりだと思う。けれど自分がもっとしっかりと立ち回れていたならば、ボーレン侯爵やニコラウスが好き勝手に振る舞うことなどできなかったはずだ。

ディアナが女王としてふさわしくないことが、すべての原因に思えてならなかった。

「あなたとの結婚を拒んでいるのは……フロリアンを王にしたいと考えているからです」

ハインツの『ですが?』という問いかけには答えず、ディアナはニコラウスの死から、ずっと考えていたことを明かした。

「フロリアン殿下を……?　ですが彼はまだ五歳にもなっていないでしょう。王位を継ぐには幼すぎる」

「今すぐにではありません。フロリアンの成長を待ち、王位を譲るつもりです」

フロリアンはまだ幼い。王位を譲るには、少なくとも十年間は待たねばならない。

「そもそも、我が国の王位継承権は男性のほうが優先されるのです。いずれフロリアンが王になり、私はそれまでは中継ぎの王でいる。それが、みなにとっても、この国にとっても、最善ではないかと考えています」

「……ディアナ」

ハインツが眉を顰める。窘めるような視線にディアナは「わかっています」と頷く。

「民の信頼が揺らいでいる今、私が王配を迎えるべきだという意見があるのは承知しています。けれど、私はこの五年間、子を授かっていません。たとえ新たに王配を迎えたところで、子を産めるのか……疑っている者も多いでしょう」

ニコラウスとは同衾していないので、子を授かれないのは当たり前である。

しかしその事実を知る者は少ない。

夫婦の寝室はディアナの私室とニコラウスの私室の間にあり、侍女たちに知られず寝室へ出入りができた。それに同衾していないと噂が立つのを恐れて、ディアナは時折夫婦の寝室で夜を過ごしてもいた。ニコラウスが寝室に現れることは一度もなかったが。

「不妊は女性だけの問題ではない。男性側の問題かもしれませんし、長年子に恵まれなかった夫婦が子を授かることも珍しくはありません」

かつて、不妊は女性のみの問題とされていた。妊娠できない女性が責められ、離縁されるのも珍しくなかった。しかし、古い考えを持つ者はいるものの、近年では不妊は女性だけが原因ではないという考えが主流になってきている。

「私は同じ年齢の女性より、身体つきが未熟です。女性として、正常な機能がないのではと、そう疑う者がいるのです」

ハインツはさらに顔を険しくさせた。

「私が実際に不妊であろうがなかろうが、それは別によいのです。みながそう思っている、というだけですから」

政務より、子を産める丈夫な身体作りをするよう、ディアナはボーレン侯爵からたびたび言われていた。

子を産むのは、王族としての義務だ。子を産めば、ボーレン侯爵だけでなく、ニコラウスや母、臣下も民も、ディアナを女王として認めてくれていたのかもしれない。

一度の同衾で子を孕める可能性は低いが、ニコラウスに執務室で襲われたとき、あのまま拒まずに子種をもらうべきだった、と悔いてもいた。

けれど今は――子がいなくてよかったと思う。

仮に子を産んでいたとしても、子の父親であるニコラウスは罪人である。民や臣下から批難され、王位を継ぐのは難しかっただろう。

継承権をめぐり、フロリアンを推《お》す者との間で諍いが起きていたはずだ。

「……父はあなたのお考えに同意をしているのですか？」

ハインツが低い声で訊いてくる。

「……いいえ。私も、少し……迷いがありましたので」

もしもフロリアンに不幸な出来事があれば、後を継ぐ王族がいなくなってしまう。

ディアナが再婚しないままでいることが、本当にレハール王国のためになるのか。

フロリアンと我が子が争うことになったとしても、再婚し子を作る努力をしたほうがよいのではないか。

そう思いもした。けれど――。

『あなたが女として不出来なせいでしょう』

母の言葉や、ニコラウスから向けられた侮蔑の眼差しを思い出すと、再婚に尻込みしてしまう。

ニコラウスとハインツは違う。ハインツはディアナを嘲ったり、軽んじたりはしないだろう。わかっていても、ディアナは再婚への恐れを心から拭い去ることができない。

本当は国や民のためではなく、ただ、誰かと再び夫婦になるのが怖いだけなのかもしれない。怖いから再婚したくないなど、我が儘だ。子を成すのは王の責務であるというのに。

自分の選択が間違っているとも感じていて、ディアナは今まで誰にも、キッテル伯爵にすら相談できずにいたのだ。

「迷いがなくなったのですか？」

ハインツの問いに、ディアナは小さく頷く。

「私は王に……不相応だったのです」

ボーレン侯爵が失脚し、ディアナはキッテル伯爵の協力を得て、少しずつではあるが政務に携わるようになっていた。

しかし、いつもディアナの心の中には不安があった。

『人形女王』だった自分に何ができるのかと。

臣下たちはいつもキッテル伯爵の顔色を窺っている。ディアナも自信がないゆえにキッテル伯爵に頼り切りだった。

よくよく考えてみれば、今までディアナは祖母の言われたとおりに生きてきた。祖母に言われるがまま、学び、王族として振る舞ってきたのだ。祖母から『立派な王』になれと言われ、そのように過ごしてきただけ。そこにディアナの意思はない。

ボーレン家の言いなりになってしまったのも、結局は自分の意思が弱かったせいだ。祖父であるボーレン侯爵にも、母のマルグリットにも王配のニコラウスにも……反駁《はんばく》するどころか、己の意見、気持ちすらまともに伝えられなかった。

そんな自分に、女王の役目は荷が重い。

「あなたは先日、傀儡にならぬよう力をつけていくべきだと私に言いました。けれど、その自信がありません。フロリアンが王になるまでの中継ぎの王を務め上げるので精一杯です。……それすらもキッテル伯爵にお力を借りねばできませんが」

己の無能さを打ち明け、情けなくなってくる。そんなディアナに、ハインツが追い打ちをかけるような言葉を投げかけてきた。

「五年前とあまり変わっていないと思っていましたが、あなたは変わりましたね。以前、ここでともに過ごしたあなたは、真面目で誇り高い王女殿下でした。幼くとも、この国をよくしたいという理想を持っておられた」

「……子どもでしたので、何もわかっていなかったのです」

「王族だからこそ、知らねばならないと、土壌調査に連れていってほしいとおっしゃったことがあったでしょう？　行き先は農場になりましたが……そこであなたは、目を輝かせて、働く民たちを見つめていらっしゃった。民たちから鎌の使い方を教えてもらい、ひたむきに労働をされていた。その姿を見て、俺はあなたならば善い王になれるだろうと思いました」

ハインツは当時を懐かしむように目を細める。

「私は……」

何も知らないくせに……、と言いかけたがやめる。

この五年間のディアナを知らないハインツに、お説教じみた言葉を向けられたくない。

そんなディアナの気持ちを見透かすように、ハインツは続ける。

「父から、あなたのことは聞いていました。慰問や視察に熱心に足を運んでおられたのでしょう？　その際に不便だと感じた道の整備を手配された。そのおかげで交通の便がよくなり、商人が王都から離れた領地にも行くようになった。各地の市場経済が活性化し始めたそうですね。また、鉱山で働く者たちの賃金を上げるよう力を尽くされたとも聞いています。多くの労働者が集まり、鉱山の村も賑わっているとか」

「それは……私ではなく、キッテル伯爵がされたことです」

この五年間、議会はボーレン侯爵が掌握していた。そんな中、キッテル伯爵はボーレン侯爵に阻まれぬよう、彼らの目を掻《か》い潜り民のための政策を実地していた。

「提案されたのはあなたでしょう？」

「……キッテル伯爵にご相談しただけです」

ディアナが議会で提案しても、反対、いや無視されていたはずだ。

「あなたはずっと傀儡でいる自分をもどかしく感じていたのでは？　国のために何かしたいと思っていた。なのになぜ、今になり、その気持ちを放棄するのですか」

「先ほど、言いました。自信がないのです。この五年間で、自分は無力だと思い知ったのです」

「あなたはまだ若い。これからいくらだって学び、成長できる」

「フロリアンのほうが若いです。たくさん学び、成長し、善き王になると思います」

「まだ五歳ですよ。期待しすぎというか、人任せすぎます」

呆れたように言われ少し苛立ったが、自分の役目をフロリアンに押しつけているのは事実だ。返す言葉がない。

「まあ、いいですよ。フロリアン殿下が王になるなら、それはそれでよいと思います」

今までの会話が何だったのかと思うくらいあっさりと、ハインツが言った。

「よいのですか？」

「あなたがそう決めたのなら、俺は従います」

「王配になるのを、諦めてくれるのですね」

「ええ。別に王配になりたかったわけではないですし」

「……………」

意味がわからない。ならばなぜ、しつこく求婚してきたのか。

ディアナの不審げな視線に気づいたハインツは、薄く笑みを浮かべた。

「王配にならずとも、あなたの傍であなたを支え続けることはできますから」

以前、この場所でハインツが口にした言葉を思い出す。

『あなたの傍で、あなたをずっと支え続けます』

あの日の彼と、今のハインツが重なった。

（ハインツはあのときの約束を破ってしまったことを、後悔している……？）

ディアナは首を横に振った。

「キッテル伯爵から、五年前、あなたが遊学に行かねばならなかった理由を聞きました。もし約束を破ったことへの罪悪感があるのなら、気にせずともよいのです。私もあのときの約束は忘れます」

もう約束に縛られずともよいのだ――というつもりで口にしたのだが、ハインツは不満げな顔をする。

「え？　忘れないでくださいよ。まあ、忘れたならまた約束をするだけなんですけど」

ハインツは一度そこで言葉を切り、穏やかな笑みを浮かべた。

「今度こそ……あなたの傍で、あなたをずっと支え続けます」

ハインツはあのときと同じ言葉を口にする。

言葉こそ同じであったが、あのときと今では状況が違う。

ハインツはディアナの婚約者ではないし、王配になる予定もないのだ。

「そのような約束をされても困ります」

「約束じゃなく、俺自身の誓いです。フロリアン殿下が即位なさるまでは、女王でおられるのでしょう？　あなたを支えるために宰相を目指してもよいですね……とりあえず父の手伝いから始めますよ」

「……」

傍で支え続けるというのは『臣下として』だったらしい。

フロリアンが王になるまで。

それまでは頼りなくとも、ディアナは女王であり続けなければならなかった。

ディアナの気持ちを知っている、信用できる臣下がいるのは心強い。

よろしくお願いします、と言いかけたのだが――。

「ですから、フロリアン殿下が即位されたら、俺と結婚してください。十年でも二十年でも待ちますよ」

飄々とした口調でハインツが言った。

「答えは、十年か二十年後で大丈夫ですから」

亜然として言葉を失っているディアナに、ハインツはそう付け加えた。


（……本気なのか、冗談なのか……わからない）

あのあとハインツは『賭けも続行でいいかな』と呟いた。

そして『俺の冗談に笑ったら、いつか結婚してください』とにっこりと微笑み『それではまた』と言い残し、書庫を出て行った。真意を問い質《ただ》す間はなかった。

あれから一日経っていたが、ディアナはハインツの言葉に混乱したままだった。

女王を退いたあとは、フロリアンの邪魔にならぬよう、どこかで静かに暮らせたらと思っていた。

しかしどこで暮らすか。どのように暮らすか。詳しいことまでは考えてはいなかった。

（……結婚……）

十年後だと、ディアナは三十歳だ。レハール王国の結婚適齢期は十八歳だ。それからの結婚となるとかなりの晩婚である。それに在位中に王配を迎えずにいたのに、退位してから結婚するなど普通に考えておかしい。

そもそも女王でない自分と結婚して、ハインツに何の得があるのか。

退位しても、ディアナが王族なのには変わりがない。ハインツは王族との縁組みを望んでいるのだろうか。

（フロリアンが結婚し、子が生まれ、王女だったとしても……ハインツとはかなりの年の差になる。さすがにフロリアンの子とハインツは結婚できないだろう……）

王族と縁戚になるには、ディアナと結婚するしかない。だから、十年後でも二十年後でもよいからと、結婚を望んでいるのかもしれない。

ハインツはたびたび自分の願望はキッテル家の意向ではないと口にしているが、とりあえず探ってみようとディアナはキッテル伯爵を呼び出した。

遠回しに探りを入れるつもりだったが、よい言い回しが思い浮かばず、率直な質問になってしまった。

「王族と縁戚関係になりたいと考えたことはありませんか？」

「縁戚関係ですか？　考えたことなどありませんね。実を言いますと九年前、王太后陛下と国王陛下……陛下のお祖母様とお父様から、ハインツを王女殿下の婚約者に考えているという話をいただき、大変……困ったのです」

当時を思い返しているのか、キッテル伯爵は苦笑を浮かべた。

「困った？」

「ええ。私にはハインツしか子どもがおりません。妻は産後の肥立ちが悪く、次の子は産めぬと医師に言われておりましたので、ハインツに後を継いでもらわねばなりませんでした。王女殿下の降嫁先ならば、と申し上げたのですが、それはおそらく難しいとのことで」

当時、王家にもディアナしか子どもがいなかった。

「幸い、私には甥が三人おりまして。いざとなればキッテル家は甥に任せるという話になり、ハインツを婚約者候補として、王女殿下と会わせることになったのです」

ハインツを婚約者に望んだのは祖母だろうとは思っていた。しかしキッテル伯爵が乗り気でなかったのは知らなかった。

「ハインツも決して、王族と縁戚関係になりたいがために陛下に求婚しているわけでありませんよ」

興味深く耳を傾けていると、ディアナが知りたかった件をキッテル伯爵ははっきりと否定した。

「……そうなのですか？」

ならばなぜ、ああも結婚にこだわるのだろう。

「ええ。実はハインツも九年前、王女殿下にお目にかかるのを拒んでおりました」

「…………そうなのですか……？」

　初対面のとき、ハインツは嫌がっているそぶりなどまったく見せず、ディアナに微笑んでいた。お目にかかれて光栄です、と言っていた。実は嫌々ディアナに会っていたのかと思うと、少し悲しい気持ちになった。

「やはり、ハインツの気持ちを信じられませんか」

「信じられないわけではないのですが……」

　ハインツの言う『支え続ける』との言葉を疑ってはいない。ただ、女王でなくなった自分と結婚したいという気持ちが理解できないだけだ。

「もしや……例の件がお耳に入りましたか」

　ディアナが思案していると、キッテル伯爵が眉を顰めて言った。

「……例の件？」

「王太后陛下と、フロリアン殿下の件です」

「二人が何か……？」

「ご存じないのですね。……王太后陛下が、フロリアン殿下の婚約者探しを始められたようです」

　ニコラウスの死とボーレン侯爵の失脚で、マルグリットは意気消沈し、部屋に閉じこもっていた。しかし、最近になって社交界に頻繁に姿を現すようになったのだという。

目的はフロリアンの婚約者探し。有力な貴族に、声をかけて回っているらしい。

「様子見をしている者がほとんどなのですが……。王太后陛下は、フロリアン殿下が次期王だと吹聴されていまして。その話に乗せられた貴族たち……ボーレン侯爵の派閥だった者たちが数名、王太后陛下に取り入ろうとしているようです」

ディアナは心の中で重い溜め息を吐いた。

マルグリットは親しかった従兄弟のニコラウスを喪い、やり場のない悲しみや怒りをディアナにぶつけるだけ。それ以上のことはできないだろうと思っていた。

ボーレン侯爵家という後ろ盾を失ったのだ。マルグリットに力添えする者もいないと考えていたが――マルグリットにはフロリアンがいる。まだ五歳にもなっていないが、シュトイデ王家の直系男子だ。フロリアンのほうが王にふさわしいと、ディアナが考えているくらいだ。同じ意見の者が臣下の中にいて当然である。

己の考えの甘さに、ディアナは呆れた。

マルグリットはボーレン侯爵に代わる、自分とフロリアンを守ってくれる存在を探しているのだろう。もしかしたら、ディアナがキッテル伯爵と組み、ボーレン侯爵のように自分たちを王宮から追いやるのでは、と案じているのかもしれない。

（私も、いずれフロリアンを王に考えていると伝えれば……）

母とて、まだ幼いフロリアンを今すぐ王にしたいとは考えていないはずだ。

マルグリットはディアナを嫌っている。信用してくれないかもしれないが、王配を迎えるつもりもないのだと明かせば、マルグリットも納得するのではなかろうか。

「王太后陛下と、話をしてみます」

「……陛下が、王太后陛下とですか？　おやめになられたほうがよいかと」

キッテル伯爵は渋い顔をしていたが、ディアナは母に会うことにした。


執務室や議会場のある場所から、回廊を東に渡った先にある『王太后の間』で、マルグリットとフロリアンは暮らしていた。

内庭には色とりどりの花が華麗に咲き誇っている。

マルグリットは枯れ葉が一枚残っているだけで、庭師をやめさせるという噂を耳にしたことがあった。大げさに脚色され広まった噂だと思っていたが、内庭には枯れ葉が一枚もなかった。

ディアナの訪れに、母付きの侍女は真っ青になる。

少し可哀想になりながらも、ディアナが王太后陛下に会いに来たと言うと「しょ、少々お待ちくださいませ」とビクビクしながら、母に取り次ぎに行った。

「中でお会いするとのことです」

しばらく待っていると、戻ってきた侍女が恐縮した様子でそう告げた。

ディアナは自身の侍女を部屋の外で待たせ、母のいる部屋に入る。

室内はそれほど華美ではないが、絨毯《じゅうたん》だけは見るからに高級そうだった。

祖母が亡くなる前はほぼ毎日出入りしていたが、母が王太后になってからは『王太后の間』に入るのは初めてだった。

「いったい何の用かしら」

えんじ色の絨毯に目を這わせていると、マルグリットの声がした。

ディアナはハッとし、マルグリットを見る。

マルグリットは襟ぐりが広く開いている真っ赤なドレスを着ていた。豊かな胸元にはドレスより濃い色味のルビーのネックレス、結い上げた髪にもルビーの髪飾りがある。化粧も濃い。夜会用の装いだった。

「夜会に出席されるのですか」

「ええ。いつまでも臥せっていても仕方ないでしょう？」

にっこりと笑んで、マルグリットは言った。

いつになく機嫌がよさそうだ。

この様子ならば穏便に話ができるかもしれないと、ディアナは期待した。

「ちょうどよかったわ。私もあなたに話があったの」

ディアナがフロリアンの件を口にする前に、マルグリットのほうが話を切り出してくる。

「何でしょうか」

「フロリアンが結婚したら、あの子が王になるの。あなたは大人しく退位してね」

マルグリットは、軽い口調で言った。

ディアナとて、フロリアンが王になることに異論はなかった。しかし。

「近いうちに、結婚させるから。退位の準備をしておきなさい。宰相にもそう伝えておいて」

続いた言葉に、ディアナは目を瞠った。

「近いうちに、フロリアンを結婚させるつもりなのですか?」

「ええ。すでに候補はいるの」

驚いて問うと、マルグリットは当然でしょうとばかりに答える。

「フロリアンはまだ五歳です」

「王族だもの。特例で何とでもなるわ」

「まだ五歳だというのに、婚姻させ、王にさせるおつもりなのですか」

「あなただって十五歳で王になったじゃない。私と、フロリアンの婚約者の家が後見人になれば、何の問題もないわ」

問題だらけである。

十五歳と五歳は大きな差があるし、そもそもディアナが王になったのは、父が急逝したからだ。それに当時は力を持っていたボーレン家だったからこそ、ボーレン侯爵がディアナの後見人になるのを臣下たちは認めたのだ。

今現在、議会で力を持つのはキッテル伯爵だけだ。それ以外の者が王の後見人になるなど誰も納得しない。ましてや、王太后ではあるがマルグリットは失脚したボーレン侯爵の娘なのだ。議会を通さず、強引に譲位を成立させようとすれば、国は確実に荒れる。

「臣下も民も納得しません」

「もともとフロリアンが王になるべきだったのよ。だって女より、男のほうに王位継承権があるのだから」

「フロリアンは、生まれてもいませんでした」

「そう、生まれてなかったから、仕方なくあなたが王になったの。だから、あなたは大人しく退位なさい。あなただって、自分が王にふさわしくないことくらい、よく理解しているでしょう？　だから王配を未だに迎えないのではなくて？」

マルグリットは小首を傾げてみせた。

自分は王にふさわしくない。

だから王配を迎えず、フロリアンを王にしたいと思っていた。

母の言うとおりだが、それは『今』ではない。

「あなたに任せていられないもの。もちろん、あなたを利用して、この国を自分の意のままにしたいと目論んでいるキッテル伯爵にも任せられないわ。本当に裁かれないといけないのは、この国を真に思っていた父やニコラウスではなく、二人を陥れた、あなたとキッテル伯爵よ」

マルグリットはせせら笑った。

「フロリアンが王になれば、キッテル伯爵も宰相としては用済みね。父を呼び戻すわ。あなたはそうね、修道院にでも行きなさい。処刑されないだけ、幸運と思うことね」

母はおかしくなったのだろうか。

あまりに荒唐無稽な言い分に、ディアナは呆れをとおり越し、心配になった。

ディアナがもっとしっかりしていたら、せめて信頼関係だけでも築けていたらニコラウスは罪を犯さなかっただろう。けれどそれは『陥れた』とは違う。

それにボーレン侯爵が失脚したのは、事業への投資に失敗し私財を失い、それを発端にニコラウスが国庫金横領をしたことが理由だ。

投資の失敗とニコラウスの横領で、ボーレン侯爵はすでに求心力を失っている。

マルグリットが呼び戻したところで、ボーレン侯爵が以前のように権勢をふるうことなど不可能だ。

（……そんなこともわからないなんて）

マルグリットが感情的で高慢な性格であることは知っていた。だが、ここまで愚かなことを考える人ではなかった……はずだ。

ニコラウスの死で気落ちし、まともな思考ができなくなっているのかもしれない。

（キッテル伯爵の言うとおり、会うのはやめておいたほうがよかった……いえ、話をしても無駄だとわかったのだから、それはそれでよしとしよう……）

ディアナはそう自分を納得させると、はっきりとマルグリットに告げた。

「フロリアンの婚約者が決まったとしても、私は今現在退位するつもりはありません」

真っ赤な唇に笑みを浮かべていたマルグリットの表情が、一瞬で険しくなる。

「弟のものを、奪うなんて。なんて、強欲なの！」

マルグリットが声を荒げながら、近づいてくる。

思わず後ずさったディアナの頬に、マルグリットの指が触れた。

また叩かれるのだろうかと身構えていると、頬にぴりっとした痛みが走った。

「あの人と同じ、青い目……。冷たい氷のような……私を馬鹿にして……」

あの人。祖母、もしくは父のことだろうか。

二人はディアナと同じ瞳の色をしていた。

マルグリットの亜麻色の双眸はディアナを映しながらも、別の何かを見ているかのようだった。

狂気じみた表情に、背筋が寒くなる。扉の向こうにはディアナの侍女が控えている。助けを呼ぼうと口を開きかけたディアナの耳に、あどけない声が響いた。

「ははうえ？」

部屋の奥にある扉から、フロリアンが顔を覗かせていた。

マルグリットの表情が変わる。

眉尻を下げ、顔を歪ませたマルグリットは、フロリアンのほうへと駆け出していく。

「ああ、フロリアン。フロリアン。私の大事なフロリアン。顔を見せてちょうだい。ああ……私にはあなただけよ。あなただけなの」

母は嘆き悲しむようにそう言うと、身を屈め、フロリアンを抱きしめた。

フロリアンは一瞬困惑した表情を浮かべたが、小さな手で母を抱きしめ返した。

ディアナに気づいたのか、不安げな眼差しを向けてくる。

弟に声をかけてやりたいが、ディアナが何か言えば、マルグリットはさらに取り乱す。

フロリアンから視線を外し、ディアナは黙ったまま部屋を出た。

頬に爪を立てられ傷になっているのか、ディアナの顔を見た侍女がぎょっとする。

「陛下、お顔に傷が」

「かすり傷なので、大丈夫です」

まさか爪に毒を仕込んではいないだろう。

ディアナは宮廷医には診せず、自室に戻った。鏡を見ると、赤くなり僅かに血が滲《にじ》んでいた。ハンカチーフで頬を押さえ、憂鬱な気分でソファに座った。

（このまま、放っておくわけにはいかない……）

もともとの性格もあるのだろうが、マルグリットの精神は不安定になっている。荒れる感情のままにディアナに当たるくらいならばよい。しかしディアナが退位し、幼いフロリアンが王になるのだと吹聴し始めたら、国に混乱を招きかねない。民をこれ以上不安にさせるわけにはいかないし、何よりもまだ五歳のフロリアンを権力争いに巻き込みたくなかった。

（療養を理由に、母を王都から遠ざけることもできる。けれど……）

母から愛情をかけられた記憶はないものの、ディアナは祖母とはほぼ毎日顔を合わせていたし、忙しくて会う機会は少なかったが父もいた。

二人とも亡くなりはしたが、ディアナには祖母と父の記憶がある。しかし……フロリアンには母しかいないのだ。

抱きしめ合っている二人の光景が脳裏に浮かぶ。

母にとってもフロリアンは、たったひとつの心の拠り所なのだ。母子を離すのは、忍びなかった。しかし、かといってフロリアンともども二人を王宮から出すわけにはいかない。

フロリアンには王位継承権がある。フロリアンを利用しようとする者が現れないとも限らないからだ。弟を守るためにも、マルグリットもまた目の届く範囲にいてくれたほうがよい。療養先の目の届かない場所で、思いもよらぬ派閥を作り出されても困る。

とりあえず、母に取り入ろうとしても無駄だと、周りに知らしめなければならない。

一番効果的で、手っ取り早い方法が頭に浮かぶ。

（つい先日、断ったばかりなのに……）

ディアナは重く長い溜め息を吐いた。


翌日。ディアナはハインツを執務室に呼び出した。

「右頬を、どうされたのですか？」

ディアナがどう話を切り出そうかと考えていると、ハインツが眉を顰めて訊いてきた。

血はもちろん止まっている。けれど、頬には赤いひっかき傷が残っていた。

白粉を塗っているので薄くはなっていたが、完全に隠しきれていなかった。

「この傷の経緯が、あなたと話をせねばならなくなった理由です。先日断ったばかりなのに、今更と思うかもしれませんが……あなたに頼むのが最善の選択だと考えました。不愉快に感じたら、遠慮なく断ってください。私も断られる前提でお話しします。責任など感じず、お返事してくだされば」

「陛下。俺は、右頬をどうしたんですかと訊いているんです」

長々と前置きを話していると、ハインツが強い口調で遮った。

「王太后陛下が、フロリアンの婚約者を探しているという話を耳にしました。王太后陛下に取り入ろうとしている貴族がいるとも聞き、一度、お話をしておいたほうがよいと思い王太后陛下のもとを訪ねました」

「その傷は王太后陛下につけられたのですか？」

「はい」

「警護の者たちや侍女は何をしていたんです」

「警護兵はいませんでした。王太后の間に、警護兵を引き連れていくのは失礼かと思いまして。侍女は部屋の外で待っていてもらいました」

ぞろぞろと大人数で押しかけるのは憚られたし、そもそも入室はディアナのみ許可されていた。それに侍女といえども、母との会話を聞かれたくなかった。

「一人で、のこのこと王太后陛下にお会いしに行ったのですか？」

顔を険しくさせて、ハインツが訊いてくる。

「のこのこ……のこのこではありません。しずしずです」

「この前、王太后陛下に平手打ちをされたばかりでしょう。なぜ一人で会いに行くんですか。不用心にもほどがある」

「あなただって、私に頬を打たれたのにこうして、一人でのこのこと会いに来ているではありませんか」

呆れたように言われ、ディアナは少しムッとして言い返した。

「俺はあなたになら、いくら打たれてもよいという覚悟をもって会いに来ています」

私だって覚悟はしています、と言い返そうとしたのだが。

「俺はあなたになら何をされてもかまいません」

険しい顔のままハインツが続けたので、ディアナは口を噤んだ。

マルグリットに叩かれるのは仕方がないと思っていた。しかし『何をされてもかまわない』という覚悟をもって、会いに行ってはいなかった。

「……私に何をされてもかまわないと、本気で言っているのですか？」

このまま言い負かされるのも癪《しゃく》で、ディアナは訊ねる。

「もちろんです」

ハインツは険しい表情を解き、頷いた。

「あなたに……ペンを投げつけるかもしれませんよ」

机の上に置かれた羽根ペンを目に留め、ディアナはハインツを脅した。

「ペン程度なら、避けますから大丈夫ですよ。当たっても、あまり痛くはなさそうですし。まあペン先が目に当たれば大けがですけど……」

ハインツの黒い目にペンが突き刺さっている光景を想像し、ディアナはゾッとした。

「そんな物騒なことはいたしません。……そうですね。私が本日、目を通さねばならない書類。あなたにこれを音読するよう命じるかもしれません」

「音読してほしいのですか？　もちろん、喜んで音読いたしますよ」

　ハインツはにっこりと微笑んだ。彼の低い声で音読してもらえば政務が捗る気がしたが、いや……集中できないかもしれない。

「……あなたにお掃除を言いつけるかもしれません」

「セザム国では身の回りのことは自分でしていましたし、掃除はわりと好きなんです。窓拭きだろうが床拭きだろうが遠慮なくおっしゃってください」

　王宮には掃除係の使用人がいる。ハインツが掃除をしているのを掃除係が見かけたら、仕事を取られたと慌てるかもしれない。

「かぼちゃをお腹いっぱい食べさせるかもしれません」

「かぼちゃが嫌いなのは、陛下でしょう。俺は別に嫌いではない、というかどちらかといえば好きなほうです」

　よい案が閃いたと思ったのだが、あっさりと返される。

「あなたにされて嫌なことなんて、何ひとつありませんから。たとえ無視されようが、嫌いだと言われようが、俺はあなたに会いに来ます」

　そうは言うけれど、ひとつやふたつ、されて嫌なことがあるはずだ。

「あなたに辱《はずかし》めを与えるかもしれません」

「辱め？　何をしてくれるんでしょう」

屈辱を与えると言っているのに、なぜかハインツの双眸は期待に満ちていた。

「いろいろです」

「いろいろとは？」

「いろいろは、いろいろです。……ハインツ、話がずれました。本題に入りたいです」

答えずに話を終わらせるのか――と言いたげな表情を一瞬浮かべたが「そうですね」とハインツは息を吐いた。

「本題に入る前に、約束をしてください。もう二度と、陛下一人で王太后陛下と面会をしないでください」

「王太后陛下は、私の母です」

「面会するなと言っているのではありません。警護兵や侍女抜きで会わないでください」

「王太后陛下を危険視しているのかもしれませんが、暴力的な行為をされたのは二回だけです」

嘲り、見下すような言動こそあれど、それまでは叩かれたことも引っ掻かれたこともなかった。

「二回ではないでしょう。葬儀のときも、あなたに摑みかかっていた」

ニコラウスの葬儀のときだ。確かに母に摑みかかられ、ベールを剝ぎ取られた。

「見ていたのですか……。摑みかかられはしましたが、怪我はしていません」

「怪我をしていようがいまいが、暴力は暴力です」

「王太后陛下は……ニコラウスとボーレン家の件で落ち込んでおられるのです」

「落ち込んでいたら八つ当たって暴力をふるってもよいのですか？　違うでしょう？」

ディアナは何も言い返せず、目を伏せる。

ハインツは息を吐いたあと「あなたが心配なだけです」と呟くように言った。

「王太后陛下には……可能な限り、二人きりで会わないようにします」

マルグリットは情緒不安定になっている。ディアナの存在はマルグリットを苛立たせるだけだ。少々の傷ならばよい。しかしディアナが大事になるほどの傷を負えば、マルグリットも罪を問われる。母のためにも会わぬほうがよいだろう。

「それで、本題は何ですか？」

ハインツが話を促してくる。

ディアナは話を戻し、改めてマルグリットがフロリアンの婚約者を探している話をした。

「王太后陛下に取り入ろうとする者もいると聞き、その話をするために会いに行ったのです。王太后陛下は近いうちにフロリアンの婚約者を決めると――そして、フロリアンが王になるので、私に退位するようおっしゃいました」

「あなたと同じで、将来的にという話ですか」

「いいえ。王太后陛下は、婚約者の実家とご自身が後見人になり、五歳のフロリアンを王にするつもりです」

「さすがにみな反対をしますよ。……まさかと思いますが、お母上の愚かな願いを叶えて差し上げるつもりなのですか？」

呆れたように訊かれ、ディアナは首を横に振った。

「まだ幼いフロリアンが王になれば、国は混乱するでしょう。ですが、いくら荒唐無稽《こうとうむけい》とはいえ、王太后陛下が社交界でフロリアン即位の話をすれば、信じる者が出るかもしれません。早急に何とかせねばならないのです。ハインツ、私と結婚してくださいませんか」

ディアナが退位するつもりがないとみなに知らしめるには、王配を迎えるのが手っ取り早い。そもそもディアナが結婚を早く決めていたら、マルグリットもフロリアンを王になど考えなかったはずだ。

「キッテル伯爵の子息であるあなたが王配になってくれるのであれば、王太后陛下に取り入ろうとする者もいなくなるでしょう。……求婚をお断りしたのに、今更だと思うでしょうが」

「思いませんよ。結婚しましょう」

ハインツはあっさりと了承する。

あまりにあっさり了承されたので、拍子抜けしてしまう。

「……よいのですか？」

「よいに決まっています。賭けの決着がつかないままなのは心残りですが」

少し悔《くや》しげにハインツは言った。

くだらない賭けを気にしているハインツに呆れつつも、ディアナはホッとする。

(今更と……断られなくてよかった)

ハインツはニコニコと微笑んでいる。嫌がっているそぶりはない。

『王族と縁戚関係になりたいがために陛下に求婚しているわけでありませんよ』

キッテル伯爵はそう言っていたが、王族に名を連ねることに何かやりがいのようなものを感じているようだ。

(いずれボーレン侯爵やニコラウスのように、キッテル伯爵とハインツが私を扱ったとしても……この二人ならば、私情で議会を動かしたりはしないだろう)

きっと民のために、動いてくれるはずだ。

「とりあえず、十年間、よろしくお願いします」

「とりあえず……十年間？」

ディアナの言葉に、ハインツは笑顔を固まらせた。

「ええ。フロリアンが王位を継ぐまで、です。できれば……私が退位したあともフロリアンを支えてあげてほしいのですが」

「……あなたではなく、フロリアン殿下を……？」

「私に付き従う必要はありません。私が王宮を去ったあとも、この国のために尽力してほしいと思っています」

「陛下……ひとつ確認したいのですが、フロリアン殿下を王位につけたいという気持ちは変わっていないのですね」

「はい。フロリアンが十五歳になるのを待って、私は退位したいと思っています」

十年あればマルグリットも落ち着いているはずだ。

ディアナの意見に耳を傾けてくれるかもしれない。

もしマルグリットが今のまま変わりそうになかったら——そのときは時期を見て、フロリアンを少しずつマルグリットから離していく。

「もうひとつ訊ねても？」

「何でしょう」

「不妊かもしれないとおっしゃっていましたが……仮に、子どもができた場合はどうするつもりなのです？」

「念のため、同衾はしないでおきましょう」

ディアナが答えると、ハインツの顔から表情が消えた。

「……結婚するのに……同衾は、しない？」

「はい」

　ハインツは右手で額を押さえた。

「その……あなたの傍にいられれば満足だという気持ちに嘘はありません……ですが俺も男です……結婚しているのに、同衾できないのは、それなりに辛いです」

　ディアナは男性の性について、ひととおり学んでいた。

　女性以上に、男性には強い性欲があるのだという。

　十年間の禁欲をハインツに強いるつもりはなかった。

「もちろん、理解しています。不貞行為であなたを責めるつもりは毛頭ありません。大っぴらにしないでいただけたら、みなも多少の不貞は見て見ぬふりをしてくれるでしょう」

「あなたは、俺に浮気を勧めているんですか」

「同衾できないのは、お辛いのでしょう？」

　ディアナが首を傾げ問い返すと、ハインツはわざとらしく長く大きな溜め息を吐いた。

「陛下。子どもを作りたくないという、あなたの気持ちは理解しました。理解したうえで、結婚もします。けれど不貞はしません」

　まっすぐディアナを見つめ、ハインツが言う。

「辛いのならば、無理をしなくとも」

「しません」

はっきりとハインツは言い切る。

ハインツがそれでよいのならば、ディアナも無理に不貞行為を勧めるつもりはなかった。

それからすぐにディアナとハインツはキッテル伯爵に結婚をすると伝えた。

そしてその翌日には、ディアナとハインツの婚約が発表される。

議会の承認を得て、婚儀を挙げたのはその二十日後のことであった。

五年前の結婚時は屋根のない豪奢な馬車にニコラウスと二人で乗り、王都の大通りをパレードした。沿道に集まった大勢の民たちに祝福をされたが、今回は災害のあとだ。それにディアナは二回目の結婚で、ニコラウスの事件もある。そのため、パレードは行わなかった。

大聖堂でハインツの身内と大臣たち数人が参列する中、婚儀を挙げ、ディアナはハインツを王配に迎えた。

参列者の中にはマルグリットとフロリアンの姿はなかった。

第四章　結婚

婚儀を終えたディアナは、入浴をすまし夫婦の寝室へと足を向けた。

床は淡い黄色の絨毯で、壁は絨毯と同色。えんじ色のソファとテーブルと、壁際には彫刻の施された棚があった。棚の上にはオイルランプが置かれ、仄《ほの》かな灯りが部屋を照らしていた。

ソファの向こうには、天蓋《てんがい》付きの大きなベッドがある。

内装はニコラウスが王配だったときのままで、ベッドだけが変わっていた。

内装を変えるかと侍女頭に相談されたが出費を抑えたかったので、ディアナはそのままでかまわないと答えた。けれど侍女頭にベッドだけは変えたほうがよいと言われた。

『ハインツ様もご不快になられるでしょうから、ベッドは新調したほうがよろしいかと』

元夫と使っていたベッドを、新しい夫と使うのは、どちらの夫に対しても失礼にあたる……らしい。

ニコラウスとこのベッドで共寝をしたことは一度もないし、ハインツと使う予定もない。ハインツは不快にはならないだろうと思ったが、その理由は話せない。

なので侍女頭の助言に従い、ベッドは新しくした。

以前のものより若干大きいが、かたちや装飾はそう変わらない。大して変わらないのに新調する必要があったのか、ディアナは疑問に思った。

ディアナがベッドに上り、シーツを乱していると、トントンと扉を叩く音がした。

夫婦の寝室には、ふたつの扉があった。

扉はそれぞれ、ディアナの部屋とハインツの部屋に続いている。音はハインツの部屋のほうから聞こえた。

「はい」

返事をすると、扉が開き、ハインツが姿を見せた。

婚儀のとき、ハインツは黒髪をきっちりと整え、ところどころ金色の刺繍が施された白い衣装をまとっていた。普段以上に凛々しい姿に、ディアナは少し見蕩れてしまった。

婚儀が終わりハインツも着替えをすましていて、簡素な白の寝衣姿だ。髪も手ぐしで軽く整えただけ。こちらの姿も、いつもの彼の装いとは違う。

見慣れない姿のせいか、胸がざわめき、落ち着かない気分になった。

「こんばんは。ディアナ女王陛下」

　ハインツは朗らかに言い、にっこりと微笑む。

「……何の用でしょう？」

　ディアナは小さく息を吐き、心を落ち着かせたあと、抑揚のない声で訊ねた。

「何の用って……婚儀の夜に、妻の待つ寝室を訪れるのは当たり前の行為ですよ」

　ディアナはもぞもぞと移動し、ベッドから下りる。

「今日は、ありがとうございました。今後ともよろしくお願いします」

　すっと立ち、ハインツに礼を言う。

「こちらこそ、よろしくお願いします」

　ハインツはそう言うと、右手を差し出してくる。

　ディアナは少し戸惑いながら、その手に触れた。握ったあと、手を引っ込めようとしたのだが……ハインツはディアナの手を握ったまま放してくれない。

「ハインツ……？」

「何をされていたんです？」

「特には何も……」

「俺が扉を開けたとき、ベッドの上にいたでしょう？　お休みになるつもりだったんですか？」

「ああ……。あれはシーツを乱していたのです。シーツが整えられたままだと、閨事をしていないことが侍女たちに気づかれてしまいますので」

初潮を迎えてからは、ディアナは定期的に夫婦の寝室に来てシーツを乱したり、一人で眠ったりしていた。

「もう終わりましたので自分の部屋に戻ります。ハインツ、あなたもお戻りください」

今夜は疲れていたので、慣れないベッドより、自身のベッドで眠りたかった。けれど、ハインツは違ったようだ。

「俺は戻りません」

「……あの部屋は気に入りませんか？」

ハインツの部屋は、亡くなるまではニコラウスの部屋だった。しかしニコラウスは、王配用の部屋とは別に広い自室を持っていて、そちらで過ごすことがほとんどだった。そのため内装も変えず、ベッドも新調しなかったのだが……『お古』はやはり気に食わなかったらしい。

「別にあの部屋に不満はありません」

大きなベッドで広々と眠りたいのだろうか。

「こちらの寝室を使いたいのならば、どうぞ使ってください……っ、ハインツ？」

ハインツはいきなり、ディアナの手をぐいっと引っ張った。

よろめくと、ハインツはもう一方の手でディアナの腰を支えた。

ハインツとの距離が近くなる。

動揺しながらハインツを見上げると、穏やかな眼差しと目が合った。

「化粧をしていますね」

「え？　ええ……侍女が化粧をしてくれました」

眠るとき、普段は化粧をしない。

けれど今夜は『初夜』である。断るのもおかしいので、ディアナはされるがまま寝化粧を施された。

「ハインツ……その、放してください」

じっと見つめられていると、落ち着かなくなってくる。

ハインツも普段と違う寝衣姿だったが、ディアナのほうも絹の白いナイトドレスを一枚着ているだけだ。髪も結わず、下ろしている。改めて考えると、男性に見せる姿ではなかった。

ハインツはディアナの手を放す。

ホッとしたのも束の間、ハインツの手がディアナの頬に軽く触れる。

そして、長い骨張った指が、ディアナの銀髪をゆっくりと梳いた。

「あなたの髪はさらさらですね。いい香りがする」

ハインツは銀髪を一房手に取り、嗅ぐように鼻に近づけた。

「ハインツ。私は部屋に戻ります。おやすみなさい」

ディアナは無表情でそう告げ、踵を返す。

すると今度は、後ろからやんわりと抱きしめられた。

「ディアナ、今夜は俺たちが夫婦になった初めての夜です。別々に寝るのはおかしいですよ」

背後の温もりに、うなじのあたりがざわざわする。

「おかしくはないです。誰も見張ってはいません。部屋の周りには警護兵がいますが、聞き耳を立ててはいません。別々に寝ていても、誰かに知られることはありません」

ディアナは淡々と早口で言った。

「……っ！」

腰に手を回されたと思うと、身体が宙に浮いた。

あっと思った瞬間に、ベッドの上に下ろされていた。ハインツもベッドに上がってくる。

「ハインツ……ま、待ってください。私は同衾はしないと言ったはずです」

「ええ、子どもを作りたくないんですよね。子作りはしない。わかっています」

もしかして閨事をするつもりなのではと焦《あせ》ったが、違うらしい。

「ならばなぜ……？　ベッドが広いから一緒に休みたいのですか？　異性がベッドでとも

に眠るのは不道徳だと思います」

「不道徳？　夫婦なのに？」

ハインツはふふっと声を震わせ笑ったあと、ディアナの下腹に掌を宛《あて》がった。

押さえ込まれているわけではない。ただ上に置いているというだけだ。

「ディアナ。子作りはしません。ただ、俺も男です。十年もの間、禁欲するのは無理です」

それについてはすでに話し合っている。

多少の不貞行為ならばかまわないと言ったのに、ハインツのほうが不貞行為はしないと言い切ったのだ。

時間が経ち、一人になって考えているうちに、やはり無理だという結論に至ったのか。

「ときどき娼館《しょうかん》に行かれたらどうでしょう」

「娼館には行きたくありません」

「……娼婦《しょうふ》はお嫌いですか？　ならば……気に入った相手……もちろん、相手の方の同意が必要ですが、愛人を作りますか。王宮に住んでもらうのは難しいかもしれませんが」

もしくは、愛人にハインツ付きの侍女という仮の職を与えるか。

侍女ならば、いつもハインツの傍にいても、おかしな噂は立たないはずだ。

ハインツが侍女とともにいる姿を想像する。

なぜかわからないが、胸がつきりと痛んだ。

「愛人も作りませんよ」

作らないと聞き、ホッとする。けれど、愛人も嫌、娼婦も嫌では、どうやって欲を解放するのだ。

「ですが、禁欲は無理なのでしょう？」

「ええ。ですから、ディアナ。あなたが俺の欲を満たしてください」

「私が……？　無理です。そう言ったはずです。あなたも納得してくださいました」

「子作りしないと、了承しただけです。あなたの胎内に子種は出しません」

ハインツの言っている意味がわからない。

「子種を出さなくても、欲が満たされるのですか？」

「ニコラウスは……いつもあなたの胎内に子種を出していましたか？」

問いに問いで返される。

ニコラウスがディアナの胎内に子種を出したことは一度もない。

それをハインツに明かしてよいものか迷っていると、下腹に置かれていたハインツの掌が、絹の布地の上を滑るように移動した。掌は、ぴたりと閉じた脚の間で止まる。

ハインツに触れられた場所の奥——脚の間が、じわりと熱を持った。

「……ハインツ」

初めての感覚に戸惑いながらハインツを見上げる。

「ここに、俺のものを入れないと約束します。あなたの肌に触れるだけで、俺の欲は満たされる。満たしてはくれませんか？」

「……触るだけで……満たされるのですか？」

「触るだけで充分です。挿入はしないので、触らせてください」

男性は挿入することで快楽を得るという。挿入はせず、触るだけで充分だと言うハインツの気持ちがわからない。

「俺に触れられるのが、どうしても嫌ならばやめます」

「……どうしても嫌というわけではありませんが……私の身体に触れ、あなたの欲が満たされるとは思えません」

『少女や幼女を好きな輩なら、君の身体に満足するんじゃないかな』

『闇の中で、お人形遊びをする趣味はないんでね』

『胸も尻も、肉付きがまったくないから触っても楽しくない。もっと太ったほうがいい』

かつてニコラウスに投げかけられた言葉が脳裏に浮かんだ。

「どうだろう……。確かに満たされないかもしれないな」

ハインツは呟くように言ったあと「でも試してみないとわからない」と続ける。

曖昧な態度に呆れたが、ハインツにはディアナの願いを聞き入れ、王配になってくれたのだ。一度は求婚を断ったというのに、苛立った様子すら見せなかった。

ハインツには恩がある。欲を満たす協力をせねばならない気がした。

(それに――私の貧弱な身体を見たら……きっと、娼館の女性を相手にしたほうがよいと思うはず)

不貞行為に躊躇いがあり、ディアナですませようとしているだけだ。

ディアナが役に立たないと知れば、きっと他の方法を考えるだろう。

「わかりました。前戯をするならば、脱ぎましょうか」

「俺が脱がせます」

「いえ、自分で脱ぎます」

侍女ならばともかく、異性に服を脱がされるのは恥ずかしい。

ディアナはそそくさと身を起こし、裾を捲り、頭からナイトドレスを脱ごうとしたのだが、慌てていたせいか、ナイトドレスが思っていたよりぴったりの寸法だったせいか、頭と腕が引っかかり、脱げなくなってしまった。

「……っ……ん」

呻きながら、ゆらゆらと身体を動かし、何とか脱ごうとするのだけれど、脱げない。

「……ふっ……ふふ……ふはっ」

ハインツの笑い声が聞こえてくる。

何がおかしいのだ、と腹が立つが、よく考えると笑われても仕方のない状態だった。

下穿きは穿いている。しかし胸は丸出しだ。

羞恥心でいっぱいになる。

脱ぐのを諦め、手を下ろそうとすると、ハインツに遮られる。

「すみません。あまりに可愛くて……」

そう言いながら、ナイトドレスを引っ張り上げ、脱ぐのを手伝ってくれた。

「大丈夫ですか？」

そう声をかけながら、ハインツの手がディアナの乱れた髪を撫でる。

ハインツの顔を窺うと、口元がニヤニヤしていた。

「困っている姿を笑うなど……失礼です」

「すみません。怒らないでください」

ハインツは笑みを浮かべたまま、両胸を隠していたディアナの髪を払い除けた。

ささやかな胸が露わになる。

ハインツの眼差しが胸に向けられる。

「私の胸は小さいのです。見ても楽しくないと思います」

女性らしさのまったくない貧弱な胸である。

下着に細工をして胸を盛る方法があるのは知っていたが、ディアナは詰め物をした経験は一度もなく、普段も胸の膨らみはない。

胸が小さいのはハインツもわかっていたはずだ。しかし実際に目にするのと、衣服の上から想像するのは違う。

きっとあまりの小ぶりさに驚いているだろう。

「娼館には、胸の大きな女性が多くいるでしょう。その方々の胸を見たほうが、欲は満たされると思います」

「俺は胸の大きさにこだわりはありません。あなたの胸は……可憐《かれん》で、愛らしく、美しいです」

「美しい……？　平たいだけです」

「肌が真っ白なせいかな……。薄紅色の小さな粒が艶めかしい。触ってもいいですか？」

ハインツの大きな掌が、胸を優しく撫でてきた。

「……っ、ハインツ、触ってよいと……答えていません」

「駄目なんですか？」

ハインツは囁《ささや》くように問いながら、ディアナの胸を掌で摩《さす》る。

『小さすぎだろう。まるで男じゃないか』

頭の奥で、ニコラウスの声が聞こえた。

大きな掌の感触。肌に触れた唇の生温かさ。

あの日の恐怖がよみがえってきて、ディアナは身を竦ませた。

「……ディアナ？」

俯いたディアナの顔を、ハインツが覗き込んできた。

「何でもありません」

「………俺に触られるのは嫌？　どうしても嫌ならばやめます」

「嫌というわけでは……ただ、私の胸は男性と大差ないですし……触っても、何の意味もないかと」

「男性と大差ないって。もしかして、ニコラウスがあなたにそう言ったんですか」

答えに窮していると、肯定と受け取ったのだろう。ハインツが溜め息を吐いた。

「男性とはまったく違いますよ。あなたの肌は滑らかですし、乳房も柔らかいです」

ハインツが胸の肉を寄せ、ふにっと揉んだ。

「……乳房ではなく、それは脂肪だと思います」

悲しい指摘をすると、ハインツはふふっと吹き出す。

「脂肪なんてほとんどないでしょう。ディアナは痩せすぎなくらいだ。そうだ。俺の胸を触ってみますか。あなたの胸とは全然違いますよ」

ハインツはそう言うと、ディアナの胸から手を離し、自らの上半身をはだけさせた。

ディアナはぱちぱちと何度も瞬きをしたあと、ハインツの胸を凝視した。

男性の裸を見るのは初めてだった。

（……胸が膨らんでいる……）

引き締まった身体をしているのに、胸の部分が若干膨らんでいた。胸の真ん中には褐色の乳首がある。

食い入るように見つめていると「触れていいですよ」とハインツが言った。

ディアナはおずおずと指を伸ばし、ハインツの胸に触れた。

「……っ！」

ハインツの胸はまったく柔らかくなかった。

よく見ると、胸の下もごつごつとしている。手でなぞる。ハインツの肌は硬かった。

「……これは……男性だから硬いのですか？　それともあなただから硬いのでしょうか？」

「多少鍛《きた》えていたら、だいたいこんな感じになるかと。……ニコラウスの胸を触ったことはないんですね」

ハインツが僅かに声を落として訊いてくる。

「はい」

「そうですか。好きなだけ触っていいですよ」

ディアナはハインツの胸に両手を当て、感触を確かめるように動かす。

掌で摩擦していると、ハインツの小さな乳首が少し硬くなった気がした。

「ディアナの胸とは、違うでしょう？」

「ええ……私の胸は、逞しくありません」

ディアナは手を胸から下へと移動させる。

ハインツはお腹も硬くてごつごつしている。ごつごつしているけれど肌触りは滑らかだ。

ハインツがふっと息を漏らした。

くすぐったくて笑ったのだろうかと、ハインツの顔を窺う。

ハインツは目を細め、眉を寄せていた。苦しそうな表情に、ディアナは手を止める。

「どうかしたのですか？」

「……あなたの胸と俺の胸が違うのはわかったでしょう？　そろそろ交代しましょう。俺もあなたに触りたい」

「先ほど、好きなだけ触ってよいと言ったのに」

まだ触り足りない。じとりとハインツを睨むと、苦しそうに眉を寄せたまま、ハインツは唇に笑みを浮かべた。

「なら一緒に触り合いましょう」

そう言って、ハインツはディアナの胸に手を這わせた。

ベッドの上で向き合って、お互いの胸に触っている。おかしな状況だと思いながらも、ディアナもハインツの胸に触った。

「俺の肌を撫でるの、楽しいですか？」

「楽しいというか……もっと触れていたいです」

「俺もです。あなたの肌にもっと触れたい」

大きく温かな掌が、鎖骨から胸へと下りていく。下りていった掌は脇腹で止まり、今度は小さな乳房を撫で上げた。

ハインツの掌の動きを真似るように、ディアナも掌を動かす。

掌で摩擦されたせいか、ディアナの乳首は勃起していた。

「ディアナの乳首、硬くなっているね」

「……あなたの乳首も……硬く尖っています」

自分が『乳首』と言うと、なぜおかしいのか。

「ディアナの口から、乳首なんて言葉を聞くと、何だかおかしな気分になる」

その理由を訊こうと開いた口が、声にならない息を漏らした。

「……っ」

ハインツが親指を乳首に宛がったのだ。そして親指の腹で、くりっと乳首を押さえた。

乳首がじんと甘く痺《しび》れる。

ディアナもハインツの乳首を指で押し込む。

ハインツは息だけで笑い、ディアナの乳首をきゅっとつまんだ。

「……ん」

つままれた乳首が、じんじんしている。

ディアナもハインツの乳首をつまもうとするけれど、彼のそれが小さいせいか、それとも自身の乳首から広がる甘い感覚のせいか、上手くつまめない。

「ハインツ……乳首を、つままないでください」

「痛いのですか？」

「痛いというか……痺れのような感覚があります」

「ならば、口に含みましょう」

何が『ならば』なのか。ディアナが不思議に思うと同時に、ハインツは身を屈め、唇をディアナの胸に寄せた。

「……っ」

掌や指とは違う。ねっとりと湿り気のあるものが右側の胸の頂《いただき》に触れる。

乳首が温かなもので包まれた。

くにくにと乳首の周囲を何かが蠢《うごめ》いている。

(口に、含まれている……舌？　舌で舐《な》められて……)

「……ふっ」

ちゅっと乳暈ごと乳首を吸われた。

痺れが酷くなる。そしてなぜか、脚の間がどくどくと脈動するように蠢いた。

ディアナがハインツの肩に手を置き、彼の頭を押しやろうとすると、さらにキツく乳首を吸引された。

「……ハインツ……吸わないでっ……ください……」

なぜか息が弾む。ディアナは震える声で、ハインツにやめるよう言った。

するとハインツは吸うのをやめる。代わりに肉厚な舌で、ディアナの乳首を転がし始めた。左側は親指の腹で、優しく摩擦されていた。

痺れがじんわりと両胸に広がっている。そして脚の間はどんどん熱くなってくる。

「……ハインツ……だめ……ハインツ、だめです……」

軽く黒髪を引っ張ると、ハインツが顔を上げた。

「気持ちよくはないですか？」

じっと見上げてくるハインツの双眸は僅《わず》かに潤《うる》んでいた。

僅かに開いた唇の間から、ハインツの濡れた舌が見える。

あの舌に乳首を舐められていたのだ。そう思うと、背筋がぞくりとした。

怖いのだろうか。怯えているのだろうか。それとも――。

わけがわからぬまま、ディアナは身を震わせた。

「ディアナ……。なんて顔をしているんですか……」

ハインツが困ったように呟き、手をディアナの頬に宛がった。

「嫌ならば、俺の頬を叩いて」

そう囁くように言いながら、ディアナの唇に唇を寄せた。

ディアナの様子を窺うように、何度も軽く触れ合わせる。

(……どうして……)

頬を叩くどころか、ハインツとの口づけに心地よさを感じていた。

もっとしてほしい。もっと、ずっと口づけをしたいと思う。

思いのほか柔らかなハインツの唇が、ディアナの唇を摩擦した。唇で唇を愛撫《あいぶ》されているうちに、頭の奥がじくりと重くなり、ぼんやりとしてくる。

目を閉じされるがままでいると、僅かに開いた唇の間から、ねとりとしたものが差し込まれた。

ハインツの舌だ。

そう気づいた瞬間、胸を吸われたときと同じように、脚の間がきゅっと蠢いた。

侵入してきた舌が、ディアナの口内を探ってくる。

引っ込めていたディアナの舌に、ハインツの舌先が触れた。

驚いて舌を離したが、狭い口内に逃げ場などなく、すぐにねとりとハインツの舌に絡め取られた。

「……ん」

舌を、舌で舐められている。

おかしいし、恥ずかしい。けれど嫌だとは……止めたいとは思わなかった。

ディアナは震える指でハインツの肩を掴んだ。

（ハインツは胸をはだけただけだった……まだ服を着ている）

淫靡な雰囲気に呑まれそうになりながらも、頭の中は冷静で、置かれた状況をちゃんと理解していた。

ニコラウスに執務室で襲われたときは、あれほど嫌だったのに――。

いきなり襲われたからだろうか。ニコラウスがもし、夫婦の寝室で事に及ぼうとしていたなら、恐怖や嫌悪感は抱かなかったのだろうか。

ハインツとの口づけが気持ちよいのは、手順を踏んでくれているからなのか。

口づけをしながら、ハインツの大きな掌がディアナの髪を撫でた。

胸の奥がざわめく。

「………っ、ん」

ディアナは恐る恐る自分からもハインツの舌に、己の舌をくっつけてみる。

舌を目一杯伸ばして、ハインツの口内をまさぐる。

（食事をするときだって、こんなに下品に舌を動かしはしないのに……）

ハインツの動きを真似て、舌を蠢かせた。

口づけに夢中になっているディアナを、ハインツは優しくシーツの上に倒した。

掌がディアナの素肌を撫で始める。

首筋から鎖骨に下りた手がディアナの小さな乳房を撫で、親指で乳首をくすぐったあと、脇腹に移動する。腹を愛撫し、再び乳房に。

緩慢に何度も何度も、ハインツの掌が肌を這う。

痛いくらいに尖った乳首も掌の下で転がされた。

「……んっ……ん……」

弾んだ息は口づけで、絡め取られていたのだが。

「……ひゃっ、う……」

触れ合った唇が離れると同時に、ハインツの人差し指が乳首を弾いた。

ディアナは、自分の口から出たとは信じたくないほどの、おかしな声を上げてしまう。

驚いて、指で口を押さえた。

ディアナの唇はいつの間にか、唾液でびっしょりになっていた。

「……ディアナ」

見下ろすハインツの唇も濡れている。

ぼんやりと見返していると、ハインツは苦しげに眉を顰め、ディアナの胸に顔を埋めた。

「……ふっ、ん……」

唇で乳房をなぞったあと、ゆっくりとハインツは乳首を口に含んだ。

先ほど舐められたときほど、乳首に痺れはない。じんわりと、胸全体が甘痒くなっていてもどかしい。

ハインツはちゅっ、ちゅっと小刻みに吸いついてくる。

何も出ないというのに、しつこく吸う様はまるで乳飲み子のようだった。

しかし、右胸から左胸へと標的を移したハインツは吸引をやめ、舌でねっとりと乳首を舐め始めた。赤子はこんなに舌をいやらしく動かしたりはしないだろう。

「……ん……ふっ……、や……」

やめて——。

ディアナは心の中で請いながら、言葉にできず息を弾ませた。

口を開いたら、おかしな声を上げてしまいそうだったからだ。そして、それだけではない。恥ずかしいからやめてほしいのに、もっとしてほしくなっていた。

ハインツの掌がディアナの太ももを撫で始める。

ディアナは震えながら、足をもぞもぞと擦り合わせた。

脚の間。排泄器官のある秘めた部分が、先ほどから熱く痺れていた。そして時折、ディアナの意思とは関係なく、勝手にヒクリヒクリと収縮を繰り返す。

そんなふうになるのは、もちろん初めてだった。

収縮を止めたくて、内股に力を入れるが上手くいかない。

ハインツの掌が、乱れたナイトドレスの裾を捲り、忍び込んでくる。

温かな掌が太ももを直に撫でる。そして、脚の付け根を撫で、脚の間で止まった。

「……ふっ……ん」

ぞわりと悪寒のようなものが身体を駆け巡り、ディアナは身を固くした。

ハインツの指が、下穿き越しにディアナの秘裂にぴたりと宛がわれた。

とくり、とハインツの指の下にある部分が、何かを吐き出す。

「……ああ、すごい……下穿きがぐしょぐしょだ」

ハインツが驚いたように、呟いた。

ディアナは羞恥で耳まで熱くなった。

ハインツに触れられてから、ずっとその部分がおかしかった。

どんなふうになっているのか、熱く痺れていて気づかなかったが、ハインツの指が触れているせいか、今はそこが濡れそぼっているのが自分でもわかった。

「……す、すみません」

ディアナは震える声で謝罪をする。

「……どうして謝るの？」

甘く優しい声でハインツが訊ねてくる。

「粗相を……してしまいました」

「粗相って……。ディアナ、もしかして……。こんなふうに濡れるのは初めて？　ニコラウスのときは、濡れなかったんですか？」

ハインツがディアナの顔を、上から窺いながら訊ねてくる。

記憶にある限り、こんなふうにここが濡れそぼったことなどない。当然、ニコラウスの前で、このような失態をしてしまった経験もなかった。

ディアナはこくりと頷く。

「大した愛撫もせず、あなたに突っ込んでいたんですか。あの糞野郎……」

ハインツは舌打ちをする。

舌打ちもだけれど、下品な物言いに、ディアナは驚いて目を瞠った。

ディアナの視線にハインツはすぐに気づき、とりなすように朗らかに笑んだ。

「ディアナ、あなたは粗相をしたわけではありません。気にしなくともいいですよ」

「でも……濡れています。……月のものでしょうか」

ディアナは月のものが重い。

月のものが始まる二日前には、身体が重くなり、月のものが始まると下腹部の痛みに悩まされていた。

今は痛みはまったくないし、月のものが始まるにはまだ早かった。

なので、てっきり粗相をしたと思ったのだが……月のものだったのだろうか。

「どちらにしろ……すみません。あなたの指を汚してしまいました。洗浄してきますので、あなたも指を洗ってきてください」

ディアナがそう言って身を起こそうとすると、ハインツは宛がった指に力を入れた。

「……あっ、ん」

またおかしな声を上げてしまい、ディアナは慌てて口を押さえた。

「声、我慢しなくていいですよ」

ハインツはふふっと笑いをこぼしながら言う。

そして、ディアナのそこから手を放した。

なぜか少しだけ寂しい気持ちになっていると、ハインツはディアナの前に指を掲げてみせた。

「月のものではありませんよ」

ハインツの中指は濡れていた。けれど赤くなかった。

ならば、やはり粗相をしてしまったのでは……と思っていると、ハインツは自身の中指をぱくりと口に含んだ。

ディアナのそこから染み出したもので濡れていた中指を、ハインツは舐めている。

「何をしているのです……き、汚いでしょう。病気になります」

ディアナは呆然と、ハインツを見る。

「粗相をしたわけではないし、月のものがきたわけでもないです。女性は快楽を得ると、性器が濡れるのです。あなたがぐしょぐしょに濡れているのは、俺の愛撫で快楽を得たから。ごくごく当たり前の現象です。別におかしなことではありません」

閨事について書かれた本に、男性器を挿入しやすくするために女性器が潤《うるお》う、と書いてあったのをディアナは思い出す。

粗相をしたわけではないとわかり安堵したのは一瞬だ。

「どちらにしろ、そのようなものを口に入れるのは、汚いです」

「汚くはないですよ。ディアナ、下穿きを脱ぎましょうか」

「…………なぜです？」

「濡れていて気持ちが悪いでしょう？　俺が脱がしてあげます」

ディアナが拒否する前に、ハインツはすばやくディアナの下穿きに手をかけた。

「ほら、ディアナ。腰を浮かせて」

「……ですが」

「下穿きを汚してもいいんですか？」

促すように太ももをぽんと叩かれる。

ディアナの衣服は侍女が管理していた。もちろん下穿きも、傷んだら侍女が新しいものと取り替えてくれていた。これ以上、汚したくなかった。今穿いている下穿きも、洗うにしても捨てるにしても、侍女の目に触れる。これ以上、汚したくなかった。

ディアナは釈然としなかったが、腰を浮かせる。

ハインツの手が、するすると下穿きをずらしていく。そして、下穿きをずらした手がやんわりとディアナの脚を開かせた。

「ハインツっ……」

ディアナが脚を閉じようとすると、ハインツは強引に脚の間に身体を入れてきた。

「どうしても嫌なら、俺の肩をバシバシ叩いてください。そうしたら、やめます」

ハインツはそう言うと身を屈め、ディアナの脚の間を覗き込む。

「剃っている……？　いえ、薄いんですね。産毛《うぶげ》みたいだ」

ディアナの秘処の茂みを、ハインツが指で探った。

「やっ……あっ」

やめてと言いかけた声が弾んだ。

茂みを撫でていた指が、ぬるりと滑るように、奥へと忍び込んでくる。

初めて味わう感覚にディアナは震える。ハインツの指先が当たっている場所も、ひくひくと震えていた。

ハインツはディアナのそこの濡れ具合を確かめるように、秘裂の上で指を動かした。

漏れ出したものを塗り広げていたかと思うと、幼子が水遊びするかのごとく指を弾ませる。ハインツの指の動きに合わせ、くちくち、と湿った音が鳴った。

女性は快楽を得ると、性器が濡れる。ぐしょぐしょに濡れているのは、愛撫で快楽を得たから――。

先ほどハインツが口にした言葉が頭の中に浮かんだ。

(ならば……自分は、今、快楽を得ているのだろうか……)

そう考えている今も、そこはヒクヒクと蠢き、とろりと蜜を吐き出していた。

「……ふっ……んんっ」

じくじくと、そこが熱くなっている。

唇を噛んでいても、鼻から息が漏れる。

これが快楽というものなのかはわからない。けれど秘裂から離れた指を追いかけるように、ディアナは腰を浮かせてしまった。

「……ディアナ……」

掠れた声でディアナの名を呼んだハインツは、内股に手を置き、さらにぐっとディアナの脚を割り広げた。

そして、広げた先にある中心に顔を埋めた。

「……ん、あっ」

柔らかなものが陰唇に触れる。

ちゅっと軽く吸われ、その柔らかなものがハインツの唇だと気づく。

どうしてそんなところに口づけをするのだ。やめて。汚い。

言葉が駆け巡るが、後ろ頭がじんと熱くなり、思考がぼやけていく。

「……っ」

指が陰唇を割った。

「……綺麗で可愛い。なのに、いやらしく濡れそぼっていますよ」

熱く潤んだ場処に、ねとりと何かが……舌が触れた。

太ももがぶるぶると震える。

自分ですら見たことのない場処を、ハインツに見られ、舐められている。羞恥と背徳感に、ディアナは涙を滲ませた。

『俺の肩をバシバシ叩いてください』

かろうじて残っていた理性で、ハインツの肩を叩こうとしたのだが――。

「……あぁ」

秘裂の上部に舌先が触れ、ディアナの腰が跳ねた。

鮮烈な刺激に、ディアナはシーツに爪を立てる。

そこの上で舌が踊るたび、陰部が蠢き、身体の奥がとろとろと蜜を吐き出した。

蜜を吐き出しているそこに、硬いものが触れた。

「……ひっ、ん」

「こんなに濡れているけど……あなたは、ここも小さい……」

くぷっと身体の奥に、何かを含まされた。

「……やっ」

ディアナは身を縮こませた。

「まだ指先だけなのに、キチキチです。ディアナ、こんなに狭くて……濡れてもいなかったんでしょう？　よくニコラウスのものを飲み込んでいましたね。いくら何でも、指以上に小さくはないでしょう？　潤滑剤を使っていたんですか？」

ハインツが矢継ぎ早に訊ねてくる。

身体の奥がじくじくしていて、それどころではないこともあり、何を言っているのか理解が追いつかない。

「子作りのため、ここにニコラウスの男性器を挿入していたのでしょう？　それにしては、あなたのここは狭すぎる。ここを拡張できる、何か特別な潤滑剤的なものを塗って、交合をしていたんですか？　……いえ約束は守ります。もちろん俺は挿入はしません。単なる好奇心で訊いているだけです」

女性は交合をし、子を孕む。交合とはすなわち、女性器に男性器を挿入する行為である──。かつて書物で学んだ閨作法を思い出したディアナは、ハインツの触れているその場処が、男性器を挿入する『膣』なのだと気づく。

男性器がどれほどの太さを持つのか、ディアナははっきりとはわからない。けれどハインツの言葉どおり、指より細くはないだろう。

痛みこそなかったが、指でこれだけの圧迫感があるのだ。男性器がその場処に入るとは到底思えなかった。

「……やはり、私には子作りは無理なのです……」

ディアナは震える声で訴えた。

『あなたが女として不出来なせいでしょう』

母の言葉は正解だった。この身体は、女として未熟すぎる。

「男性器を挿入されたら……裂けてしまいます」

「………あの男に、それほどまでに酷い真似を？　……ならば、ここは怖いですね……。大丈夫、ここは触りません。こっちで気持ちよくなってください」

ハインツはそう言うと、指を上へと滑らせた。

「あなたは、ここも小さいけれど……」

「……あっ」

先ほど舌で触れていたところを、トンと叩かれる。

「可愛いな……ここを触ると、蜜が溢れてくる。舌なら、怖くないかな。大丈夫、裂けたりしない。舐めるだけだから……」

「……っ、んん、やっ、ぁ……」

膣の周りをぬるぬるとしたものが這う。

こぼれた蜜を舐め取るというより、舐め広げるように舌先が旋回する。

その間も、指は秘裂の上部にある粒をくりくりと弄っていた。

「はっ、ん、ん……」

ディアナは左手でシーツを摑み、右手で口を押さえる。しかしいくら押さえても、荒れた息が出てしまう。

舌がねっとりと秘裂を舐め上げ、ちゅっと、指で触れていた場処を吸った。

「ひっ……あ」

ぎゅうと膣が窄まる。頭の奥がじんと熱くなり、身体全体が浮き上がるような感覚がした。背筋を反らし、ディアナは初めての悦楽《えつらく》に身を震わせた。

◆　◇　◆

ディアナの真白くほっそりとした脚が戦慄《わなな》いている。

ハインツの眼前にある女陰も、ひくりひくりと妖《あや》しい収縮を繰り返していた。

膣が蠢くたびに、僅かに白みがかった蜜が中からとろりと溢れ出す。蜜はディアナの会陰にいやらしい筋を作り、すでに染みを作っているシーツの上に滴り落ちた。

ディアナは濡れやすい体質のようだ。

濡らす女がみな淫蕩《いんとう》だとは思っていない。好色だが濡れぬ女もいるだろう。しかし清らかな容姿のディアナが、びっしょりと陰部を濡らしているのに気づいたとき、ハインツは激しく興奮した。

ニコラウスの前では濡らしていなかったと知ればなおさらに。

もちろん、ニコラウスの非道な真似は許せないし、ディアナのこの五年間の苦痛を思うと、胸が痛い。けれどそれと同じくらい、ニコラウスでは得られなかった快楽を、自分が初めてディアナに与えている。そのことが、嬉しくてたまらなかった。

器《うつわ》が小さく、嫉妬《しっと》深い。

そんな己に呆れながらも、甘く蕩《とろ》けたディアナの表情を知るのは自分だけであってほしいと思う。

（まあ、俺の知らないディアナを知っていようが……あの男は、もういない）

——たすけてくれっ……！

男の悲痛な叫び声が頭の奥で響いた。

土砂降りの雨音と、ゴウゴウと激しい音を立てる風の音。

けたたましい音に混じり、必死で助けを求める声。

脳裏に焼き付いた声は、あれから幾度もハインツの罪を責め立てた。ハインツはそのたびに、胸苦しくなった。

けれど——。

ハインツは身を起こし、絶頂の余韻から、ぼんやりと目を開いているディアナを見下ろす。

どれだけ胸苦しくとも、こうして彼女が自分の傍にいる。

もう二度と、あの男がディアナに触れることはないのだ。

やはり殺して正解だった。ハインツはそう心の底から思った。


ハインツがディアナ・シュトイデに初めて会ったのは十六歳のときだった。

『王女殿下に会ってみないか？』

父にそう訊かれ、ハインツは即座に断った。

貴族の子息が、王女と個人的に会う。そのうえ父は王の友人で、宰相という立場だ。ただ会うだけで、すむはずがないとわかっていたからだ。

貴族の家に生まれた以上、自由恋愛はできない。それについては納得していたが、結婚相手は同等の身分か、もしくは少し低いか。とにかく一般的な貴族令嬢を希望していた。

王女と結婚など、考えただけで気が重くなった。

国の行事にはかかさず参加せねばならないし、行動は慎まねばならない。そのうえ妻といえども王族だ。気安く接するわけにはいかないだろう。気を遣い続け、堅苦しい日々を送るなど、ごめんだった。

容姿にこだわりはない。常識さえあれば、要領は悪くてもいい。性格は朗らかで、健康な女性が好ましい。

家を継ぎ、それなりに温かい家庭を作り、一緒に老いて死んでいく。

見かけや態度が飄々としているため、軽薄に見えがちなハインツだったが中身は逆だ。堅実で普通の将来を望んでいた。しかし。

『陛下と、王太后陛下から、どうしてもと頼まれたのだ……』

ハインツの意思を尊重し、固辞していたらしいのだが、いよいよ断りきれなくなったのだろう。父に頭を下げられた。

嫌でたまらなかったが、父の顔を立てるため、ハインツは王女と会うことにした。

王の子は、今現在ディアナ王女だけだ。

レハール王国は優先的に男子に王位継承権がある。しかしこのまま男子が生まれなければ、ディアナが女王になる。もしかして自分は、女王の王配にされようとしているのか。

そう思うと、憂鬱で仕方がなかった。

(向こうから断られるには、どうするべきか)

馬鹿のふりをするか、大失態を犯すか。

家名を傷つけず、王女に嫌われる方法を考えながら、ハインツは王宮に出向いた。

指示に従い、広間で待っていると王が現れる。

礼をとると、王は見定めるようにハインツに視線を這わせた。

王の姿は遠目で見たことがあるだけ。こうして近くで顔を合わせるのも、会話をするのも初めてだった。

王は無表情で口調には抑揚がなく、青い瞳にも感情の色がない。

穏やかな父と同い年で友人でもあると聞くが、まったく性質が違う。

(これが王の威厳というものなのか……こんな人と家族になるのは、やはり無理だ……)

並んで立っているだけでも、疲労が蓄積していきそうだ。

独特の威圧感に緊張していると、しばらくして一人の少女が現れた。

少女は白いドレスを着ていた。

ハインツはその少女の容姿に、目を瞠った。

ドレスの裾からのぞく細い足も、袖口からのぞく華奢な手も、ほっそりとした首も、ドレスと同じくらい真っ白だったのだ。

銀髪はきっちりと結い上げられている。小さなおでこもまた、白磁の陶器のように真白い。髪と同じ色の長い睫《まつげ》の奥には、澄み渡った湖のような青い瞳。輪郭は滑らかで、顎《あご》は華奢だった。

王女の年齢は十一歳だと聞いていた。けれど同年代の少女たちよりも、小柄で幼く見えた。

そして……王と同じく、表情には何の感情も浮かんでいない。

（まるで……人形のようだ）

父とともによく足を運ぶ孤児院に、有名な人形師の造った人形が寄付されていた。子どもたちが遊ぶには高価すぎる人形は、ガラスケースに入れられ客室に飾られていた。色や造形は違うものの、ディアナはその人形のように美しく生気が感じられなかった。

「はじめまして。ディアナ王女殿下。ハインツ・キッテルと申します。お目にかかれて光栄です」

内心の動揺を隠し、ハインツは朗らかに挨拶をした。

王と同じ色合いの目が、王の同じく見定めるようにハインツを見る。

薄赤い唇が開く。

「どうぞよろしくお願いいたします」

ディアナは高く澄んだ声でそう言った。


「ハインツ。……どうだった？」

ディアナと顔を合わせた日の夜。

仕事で夜遅くに戻った父がハインツを書斎に呼び出し、訊ねてきた。

「どうって……。父上は陛下と一緒にいて、気疲れはしないんですか？」

「気疲れ？」

「無表情だし、何を考えているのかわからないでしょう？　本当に友人なのですか？　それとも父上の前では笑ったり怒ったりするんですか？」

「そういえば、長い付き合いだが、笑った顔も怒ったところも見たことがないな」

父は暢気そうに言った。

怒るのはともかく、笑い顔すら見たことがない相手を友人と言えるのか。

「父上は陛下から信用されているのですか？　友人と思っているのは、父上だけなのでは？」

「はは。そうかもしれない。しかし、気さくに話しかけてくる相手が悪人の場合もあるし、笑顔の裏に、悪意があることだってある。友人かどうか。信用されているかどうかに、笑キッテル家の嫡男であるハインツの周りには、良くも悪くも多くの人が寄ってくる。

「それは……そうですけど」

顔はさほど関係はないだろう」

ハインツは一年ほど前の出来事を思い出した。

友人の紹介で、ハインツはそれなりに名のある伯爵令嬢と出会った。

なかなかの美人で、ころころとよく笑う令嬢だった。朗らかで気さくで、家柄も釣り合っている。ハインツは彼女とならば、良い家庭を築けると思った。

父に彼女との婚約を相談しようとしていた矢先、偶然彼女が使用人を怒鳴《どな》りつけている姿を目撃した。表情どころか、声音まで、ハインツが知っている姿と違っていた。

どうやらハインツの前では猫をかぶっていたらしい。

確かに、父の言うとおり裏表のある人物はいる。

「それにまあ、笑顔はなくとも……長くともにいると、僅かだが表情が変わるのに気づくし、何となくではあるが機嫌もわかるのだ」

父は自慢げに言った。

「陛下のことより……王女殿下はどうだったのだ」

「陛下と同じで……無表情で、人形のような方でした」

「少々病弱なこともあり、ご友人もいないと聞いている。真面目なお方で、勉学にも熱心に取り組んでおられるそうだ。……もう会うのは嫌か？」

ハインツは少し考え、首を横に振った。

父は安堵したように微笑み「そうか」と頷く。

父の立場もある。いくら国王の友人であり、宰相として国に尽くしているといえども、王家に睨まれればただではすまない。

仕方ないから会うのだ――そう心の中で溜め息を吐きながらも、最初ほど憂鬱な気分にはならなかった。

(あの人形のような無表情も、変わるのだろうか)

父のように、自分も長くともにいれば、王女の機嫌がわかるようになるのだろうか。

あの、愛らしい人形が笑うところを見てみたいと思った。

半分は家のため、もう半分は好奇心に似た感情で、ハインツはディアナの元に通い始めた。

ディアナは時間があれば、王宮の書庫にこもって本を読んでいた。

父の言うとおり、ディアナは真面目で熱心な少女だった。

いつも背筋をピンと伸ばし椅子に座り、書物を両手で開いて読んでいる。肘をついていることもなければ、椅子の背もたれに寄りかかっていることもなかった。

ハインツも読書は趣味であったが、ディアナのようにお行儀はよく本を読みはしない。

ベッドの上で本を開いたまま寝落ちするのも珍しくなかった。

そんな姿に感心はしたが、真面目すぎて少し心配にもなった。

何度かディアナと会ったあと、ハインツは父から、王太后と王妃が険悪なことを教えられた。単なる嫁と姑の女同士の諍いなどではなく、王太后が王妃の実家であるボーレン侯爵家を危険視しているのが原因らしい。

ハインツは政治に興味がない。詳しい経緯を聞かされても「そうですか」以外の感想を抱けなかった。

ただ……祖母と母に挟まれているディアナが、さらに心配になった。

ディアナは幼い頃に王妃と離され、王太后の元で女王になる可能性を踏まえて厳しく育てられているという。

まだ十一歳の少女だ。重荷に感じるのが普通だ。しかし、王族としてそうあるように刷り込まれているだけなのかもしれないが、ディアナは不満も見せず己の立場を受け入れているようだった。

キッテル家の嫡男という立場ですら、時折重荷に感じてしまう自分とは違う。まだ十一歳の少女なのに、王族としての誇りを持つディアナの姿は、ハインツの目に眩しく映った。

『……あなたが本当に優秀なのかはわかりませんが、あなたの容姿は整っているし、お話上手です。とても根暗なようには見えません。せっつかれたからであろうとも慰問に行っている事実は変わりないので、自身を卑下するような発言はせずともよいでしょう』

真面目なディアナの言葉は、ハインツの心にすんなりと入り込んでくる。

時に真面目すぎて、とんちんかんな発言をするところも面白かった。

小さくて華奢な姿も、ハインツの庇護欲をそそった。

身分の高い者特有の高慢さは皆無で、ディアナと二人っきりで書庫にいて会話がなくても、まったく気疲れなどしない。読書に没頭できた。

彼女とともに過ごす時間は、穏やかだった。

そして父が言っていたとおり、観察をしていると無表情の中に感情の揺れがあるのに気づく。苛立っているときは、抑揚のない口調のままなのに若干早口になる。悩んでいるときは目線が動かなくなり、困惑しているときは瞬きが多くなる。恥ずかしかったり、怒ったときは、僅かに頬が紅潮した。

ディアナのそんな変化に気づくのが楽しかった。

王女と結婚すれば、自分も王族としての責任を負うようになる。伯爵家の嫡男よりも大きな責任だ。

今まで思い描き、望んでいた普通の、穏やかな未来とは異なる。けれど、ずっとディアナとともに歩んでいきたい。彼女の傍にいて支えたい。いつしかハインツは、そう思うようになっていった。

だというのに――。

二十歳になったばかりの頃だった。

「セザム国に遊学に行きなさい。ラスティ家には話はつけてある」

父に書斎に呼び出されたハインツは、国を出て祖母の実家に身を寄せるよう命じられた。

「遊学？　何をおっしゃっているんですか。俺はディアナ……ディアナ王女殿下と……」

「ディアナ様は、王妃殿下の従兄弟ニコラウス殿と結婚する」

「……ディアナの婚約者は俺です！」

ハインツは声を荒げる。

ニコラウスとは社交界で何度か顔を合わせたことがある。挨拶程度の会話しかしていないので、性格まではわからないが見映えのよい社交的な男だった。

苛立ちを露わにするハインツに、父は目を伏せ事情を話し始めた。

ボーレン侯爵が女王に即位したディアナの後見人になることは、すでに決定していた。

そして王配は政治の均衡を保つため、キッテル伯爵家の子息ハインツがなる――臣下たちはそう考えていたが、ボーレン侯爵は違った。

ボーレン侯爵はこの機に、レハール王国での自身の立場を確固たるものにしようと考えていたらしい。

「それこそ……俺がディアナと婚約を解消すれば、ボーレン家の思うつぼです」

レハール王国がボーレン家の意のままになってもよいというのか。

父はハインツの問いには答えず、机の抽斗から一枚の書類を取り出して渡した。

「……これは」

ざっと書類に目を通したハインツは、青ざめる。

そこには、父が宰相になってからの財政状況が記されていた。父が宰相になってから、明らかに金の動きがおかしい。

「私の国庫金の横領を告発するつもりだと、ボーレン侯爵が言ってきた」

「そのような愚かな真似をなさっていたのですか」

ハインツが睨みつけると、父は首を横に振った。

「するわけがない。それは偽造されたものだ」

ハインツはホッとする。

「ならば、すぐに冤罪《えんざい》だと証明できるでしょう。逆にそれを利用し、ボーレン侯爵を追い詰めることも可能です」

罪を捏造しキッテル伯爵を追いやろうとした事実が公になれば、ボーレン侯爵もただではすまない。しかし父は、ハインツのその言葉にも首を横に振った。

「ボーレン侯爵は事業で得た金を、多方面にばら撒いているようだ。私がいくら冤罪だと訴え、証明したところで、私が無実だとは認められないだろう」

すでに多くの者たちが、ボーレン侯爵側についているという。

ボーレン侯爵が仕掛けてきたのは、国庫金横領の冤罪だけではない。

先日、ハインツの従兄弟が学院からの帰り道、アルコール中毒の浮浪者に刃物で斬りつけられたのだ。浮浪者はすぐに取り押さえられたため、幸いにも軽い切り傷だけですみ命に別状はなかった。

当初は酒代欲しさに貴族子息を狙った犯行と思われていたが、取り調べの最中に浮浪者は貴族の男に金を渡され襲うように頼まれたと、ろれつの回らない状態で証言した。しかしその翌日、男は檻の中で冷たくなっていた。

「狙われたのが、ハインツ殿でなくてよかった——そうボーレン侯爵に言われた」

冤罪でキッテル伯爵家を失脚に追い込むことも、ハインツの命を奪うことも容易だと、ボーレン侯爵は示してきたのだ。

「ボーレン侯爵も、できるだけ穏便に事を進めたいのだろう」

王の突然の死と、若すぎる女王の即位。民の不安が高まっている中、国を支える宰相まで排除するのは得策ではない。だからこそ脅し、キッテル家が身を引くよう仕向けているのだ。

「脅しに屈し、ボーレン家の言いなりになるなど……」

冤罪を企てるだけでなく、殺人までほのめかす。

そんな横暴なボーレン侯爵に、この国とディアナを委《ゆだ》ねろというのか。

自分以外の男がディアナの傍に立っている。考えただけで、怒りがこみ上げてくる。

「俺は……嫌です」

「今のキッテル家には、ボーレン侯爵の圧力を退けるだけの力がない。このままでは我々の一族にまで被害が及ぶ可能性があるのだ。それに……これはディアナ様のためでもある」

父は重苦しい声で続ける。

「私やお前がここでいなくなれば、今後、誰がディアナ様を守るのだ。今は退くしかない。いずれ好機が巡ってくる。そのときを待つのだ」

「好機？」

「……王妃殿下は妊娠しておられる。男児であれば、いや女児であっても、いずれはその子を王にしようと目論むだろう。前王太后に育てられたディアナ様より、無垢な子のほうが扱いやすいと考えるはずだ。しかし、胎《はら》の子が王位につくには、十年以上の時間がかかる。少なくとも、その間、ボーレン侯爵はディアナ様を害しはしない。十年という時間があれば、ボーレン家を失脚させる機会が作れるはずだ」

父の遠謀は理解できる。

だが、十年という年月にゾッとした。十年もの間、ディアナの傍を離れ、彼女を一人にしてしまうなど、考えたくもない。

「……本当に、そのような機会が作れるとお思いですか？」

「今、ボーレン家と争うより勝機はある」

ハインツは押し黙った。

父の言葉は正しい。頭ではわかっていても、感情が追いついていかない。

ディアナのためにも、今は退くべきだ。けれど、彼女の傍を離れたくない。ディアナが一番支えを必要としているときに、レハール王国を離れ、セザム国に行くなどできない。

「俺は……ディアナとの婚約は解消します。しかし遊学には行きません」

ずっと傍で支える。そう彼女に誓ったのだ。

ハインツは決意を込めて父を見た。

「お前は王太后陛下と国王陛下によって選ばれた、ディアナ様の婚約者だ。たとえディアナ様に納得していただき、婚約を解消したとしても、ニコラウス殿よりお前のほうが王配にふさわしいという声は上がるだろう。……どうしてもこの国を離れたくないのならば、お前は結婚をするしかない」

妻帯者になれば、ハインツが王配にふさわしいなどとは誰も口にしなくなる。

ディアナの傍に居続けるために、自分の心を偽り愛してもいない女性と結婚をする。

ディアナ、そして結婚相手に対しても失礼な話だった。

「レハール王国を離れていても、ディアナ様のためにできることがあるはずだ」

黙ったまま答えを出せずにいると、父はハインツの肩に手を置き、そう言った。

(離れていてもできることなど……何があるというのだ……)

ディアナに声をかけて励ますことも、悲しんでいるとき傍に寄り添い、抱きしめることもできないというのに。

けれど、このままこの国にいたところで、何もできないのは事実だった。

ハインツは父の言葉に従うしかなかった。


ディアナは些細な変化こそあれ、感情を露わにしない。

祖母や父、近しい身内が亡くなったというのに、喪失感に打ちひしがれることも、嘆き悲しむこともなかった。

モント王が急逝し、十五歳で即位しなければならなくなった。不安でいっぱいだったろうに、ディアナは気丈に振る舞っていた。

『私は……泣きません』

心配でディアナの自室を訪ねると、彼女は抑揚のない声で言った。

表情はいつもと変わらなかった。けれど瞳は揺れ、白く細い指は僅かに震えていた。決して弱みを見せまいとする姿に胸が痛くなった。

『俺は未熟です。あなたの立派な夫、王配になれるのか、不安もあります。けれど……ともに学び、経験し……協力し合って……レハール王国を守っていきましょう』

ディアナの力になりたい。ディアナの傍で、彼女を支えていきたい。

己の心から湧いて出てくる感情のまま、ハインツはディアナに告げた。

告げたばかりだというのに——。

(俺を……憎んでいるだろうか……)

偉そうに言っておきながら逃げ出したと、思っているだろうか。

(裏切られたと、俺を憎んだほうが、ディアナは幸福になれるのかもしれない)

どのような経緯があれ、ニコラウスを夫に迎えるのだ。

自分のことなど忘れ、王配となるニコラウスに心を寄せたほうが幸せになれる。

『十年という月日は長い。お前がディアナ様のことを吹っ切り、新たな人生を歩むのなら、止めはしない。自由に生きなさい』

ハインツを屋敷から送り出すとき、父はそう言った。

ハインツがどのような道を選ぼうとも、父は宰相としてディアナを支えるに違いない。

それはディアナのためというより、ディアナの父への友情、そして愛国心からだろう。

ハインツは家族が暮らすこの国を大事に思ってはいたが、父ほどの愛国心はない。

自身の将来のためには、ディアナを忘れ、セザム国で新たな道を探すほうがよい。ハインツは己の心にけじめをつけるため、出国したと見せかけて王都に残った。

そして、女王の即位と婚儀の日。

ハインツは王都の大通りをパレードする女王夫妻を見るため、帽子を深くかぶり、沿道にいる民たちに混じった。

屋根のない豪奢な馬車が、ゆっくりとハインツの前を横切っていく。

ディアナは真白いドレスを着ていた。ベールを上げているため、ドレスと同じくらい白い顔が見える。普段は実年齢より幼く見えるディアナだったが、濃く化粧を施されているせいか、いつもより大人っぽく見えた。

ニコラウスが微笑んで、民たちに手を振る。そして、何かを囁くようにディアナの耳に唇を寄せた。手を振るよう促されたのか、ディアナは小さく頷く。無表情で民たちに向けて手を振った。

周囲の者たちが拍手を送る。「女王陛下」「ニコラウス王配殿下」と声をかける者もいた。

「お似合いねえ」

どこからともなく声が聞こえてくる。ハインツは拳をキツく握りしめた。

輝くばかりに美しい若き女王と、見映えのよい整った顔立ちの王配。

民にはお似合いの『夫婦』に見えるのだろう。

ハインツは父に言われ、仕方なくディアナに会った。

顔を合わせるうちに、ディアナの人柄に好感を抱き始めたが、始まりは政略結婚だった。

ニコラウスもこの結婚は、ボーレン侯爵の指示のはずだ。しかし始まりは政略結婚だったとしても、ハインツと同じように、ニコラウスもいつしかディアナに心惹かれるようになるかもしれない。

ニコラウスがボーレン侯爵よりディアナを尊重し、二人で協力し、国を統治していく。父がボーレン侯爵を失脚させるより、そのほうがディアナ、そしてレハール王国にとってよい気がした。

だというのに。

ディアナの幸せを願わなければ……そう思うのだが、ジリジリと焦《こ》げつくように胸が痛む。ディアナの隣で微笑む男が、憎くて憎くてたまらなかった。

パレードを見ようと思ったのは、ディアナを吹っ切るためだった。

未練を残さず、セザム国へ行くつもりだった。

しかし吹っ切るどころか、どす黒い感情が胸の奥から身体中へ広がっていく。

二人の姿を見るべきではなかった。

ハインツは後悔し、苦い気持ちのままレハール王国を発った。

セザム国に着いたハインツは、祖母の生家ラスティ家に身を寄せた。

かつてラスティ家は爵位を持った名家であった。しかし百年ほど前、セザム国は革命により王政が撤廃され、同時に貴族制度もなくなった。それを機にラスティ家は商売を始め、今では農作物を取り扱う商会として成功をしていた。

いくら縁戚といえども、ただ世話になるのは申し訳ないという思いから、ハインツは学業の傍ら、商いの手伝いをした。

伯爵令息であるハインツには商いの経験はない。だが幸い、農業の知識ならあった。

気候に恵まれているレハール王国に比べ、セザム国の作物は育ちにくく、品種も限られている。ハインツはラスティ家と取引をしている農家を訪ね、自身が今までレハール王国で学んできた知識を提供した。

もちろんハインツが助言したからといって、すぐに成果が出るわけではない。けれど熱心で真面目に取り組んでいたおかげか、セザム国で新たに出会った者たちから、一目置かれるようになった。

感謝され、必要とされる。

彼らの気持ちをありがたいと感じはした。だが達成感はまったくない。

心は満たされず、空しくなるばかりであった。

ハインツに好意を寄せてくれる女性もいた。

出会った女性の中には、朗らかで、一緒にいて楽しい人もいた。

こういう朗らかな女性を妻にしたいと思っていた頃もあったというのに、あからさまな好意を向けられると鬱陶《うっとう》しくなった。

父との手紙のやり取りで、ディアナの様子を訊く。

ディアナはボーレン侯爵の言いなりになってはいたが、壮健に暮らしているという。

自分以外の男が傍にいると思うと嫉妬で苦しくなる。しかしディアナが幸せならば、喜ばなければならないと思った。

セザム国で暮らすようになり、一年が過ぎた頃。

ハインツは仕事ぶりを買われ、セザム国内の流通と貿易を取り仕切っているラード商会に出入りするようになる。

そしてそこで、レハール王国――ディアナの噂話を聞いた。

ラード商会は、ボーレン家が営む貿易商会とも取引があり、レハール王国の国情にも詳しかった。

『レハールの若き女王は、名ばかりの女王だそうだ』

王としての権限は与えられず、後見人のボーレン侯爵が政を執っていた。

民や臣下たちはディアナを『人形女王』と揶揄し、王配であるニコラウスは、そんな女王を見下し、好き放題しているという。

『王配殿は顔を合わすたび、セザム国の女を用意してくれと頼むらしい。うちの商人がほとほと呆れていた。気位の高い女より、セザムの奔放な女のほうが好みなようだ』

馬鹿にしたように嗤《わら》いながら、商人は言った。

激しい怒りが湧き上がってくる。

(商人は、王配という立場も弁えず軽口を叩いたニコラウスを嗤っている。ディアナを嘲っているわけではない。ディアナを嘲っているのは……ニコラウスだ)

自身に言い聞かせ、目の前の商人を殴《なぐ》りたくなるのを必死で耐えた。

ハインツはその出来事のあと、すぐに父と連絡を取った。

本当にディアナが『人形女王』と揶揄されているのか。ニコラウスはディアナを大切にしていないのか。

それが事実なら、なぜ今までハインツに黙っていたのか。

怒りのまま、荒れた文字で書き殴り手紙を送る。

しばらくして父から返事がくる。返事には商人が語っていたことは事実だと書かれていた。

若いディアナに政務は任せられないからと、ある程度の権限を取り上げるのなら理解できる。しかしボーレン侯爵は、ディアナをまったく政務に関わらせなかった。

公務は父が予定を組む慰問くらいしかなく、議会ではボーレン家の許可がなければ、発言すら許されていないという。

ニコラウスの態度も、日に日に酷くなっているらしい。

『そちらでの生活が落ち着くまで、ディアナ陛下のことは話さないほうがよいと思った』

親心なのか何なのかわからない言葉に、ハインツは苛立った。

ディアナが幸せならば、自分の未練は断ち切らなければならないと思っていた。

しかし、ディアナが苦しんでいるのだとしたら――。

彼女を助けたい。だがレハール王国を発ったときと変わらず、ハインツは無力なままだ。

ディアナを助け出す力など、持っていなかった。

肝心の父も、ボーレン侯爵に圧力をかけられ、未だ対抗する勢力を作れずにいた。

付け入る隙を探っているらしいが、今のところ成果なしだという。

現状を聞いたところで、ハインツには何もできない。父もそれがわかっていたから、ハインツにディアナの現状を伏せていたのだろう。

己の無力さを嘆いていても、何も始まらない。

――離れていてもやれることはあるはず。

かつて父に言われた言葉をハインツは思い出した。

(ディアナに手紙を書き……手紙でディアナを励ます……。いや、励ましたところで状況が変わらないなら、意味はない)

結局のところ、キッテル家がボーレン家と同等の力をつけるか、ボーレン家を失脚させられる何か……それこそ、不正などの証拠を見つけるしかない。

そこでふとハインツの頭の中に、ラード商会の存在が浮かんだ。

ボーレン家が力を持っているのは、ボーレン侯爵がディアナの祖父だからではない。もちろん人柄が理由でもなかった。彼がレハール王国随一の資産家だからだ。

ボーレン侯爵を支えているのは金だ。そして金の出所は、ボーレン家が営んでいる貿易商会だった。

（……ボーレン侯爵の貿易商会に被害を与えれば、かなりの痛手になるはずだ……）

ラード商会はボーレン侯爵の貿易商会と取引がある。

ラード商会との伝手を上手く利用し、ボーレン侯爵の貿易商会が損失を出すように仕組むのは可能だろうか。

だが、いくら企んだところで、ハインツはラード商会に出入りするようになったばかりで、利用できる人脈すらない。

すぐにディアナを救い出したい。焦る気持ちを抑え、ハインツはラード商会で人脈を築くべく動き始めた。

商会の者たちとの交流を図《はか》る一方で、仕事での成果も上げ、周囲の信頼を得ていった。

もどかしくはあったが、着実に力をつけていくしかない。

そうして三年の月日が過ぎた頃。

『ディアナ陛下の食事に毒が混入していた』と父から連絡があった。

幸い少量だったおかげか命に別状はなかったが、何者かがディアナの命を狙っているのは確かだった。

レハール王国は二百年前に同盟を結んでからというもの、周辺諸国と友好関係を築いていた。きな臭い動きを見せている国もなく、他国による暗殺だとは考えにくい。

王家にはディアナの他に、モント王の死後に生まれた王子がいるが、まだ三歳だ。

現段階ではボーレン侯爵の仕業とは考えがたい。ボーレン侯爵にとってはディアナも幼い王子も自分の孫だ。自分の傀儡になりさえすれば、どちらでもかまわないはずだ。今のディアナはボーレン侯爵の傀儡状態で、逆らわない人形をわざわざ入れ替える必要はない。

『よほど王家、女王陛下に不満があるのか、愚痴ばかり言っている』

『外交で来たくせに、連日娼館通い』

『自分は王配なのに、ボーレン侯爵の権限が上だとぼやいていた』

噂で伝わってくる王配ニコラウスの言動から、彼がディアナの暗殺を企てているのでは、とハインツは推測した。

ニコラウスは現状に満足していない。今、女王であるディアナが亡くなれば、幼い王子が王位を継げる年齢になるまでの間、実権を握ることも可能だった。

父はディアナの警護を強固にすると言っていたが、ハインツは不安でたまらなかった。

ゆっくりと事を進めている間に、ディアナの命が失われるかもしれない。それだけはあってはならなかった。

ハインツは多少の無理は承知で、ボーレン侯爵とニコラウスを罠に嵌める計画を立てた。ラード商会も、ボーレン家の資産に魅力を感じていたのか、ハインツの計画に協力してくれた。

まずは四年という月日で得た人脈を頼りに、偽の事業の噂を流した。そして、その噂に興味を持ったボーレン家に投資を持ちかける。ラード商会もその事業に投資していると知らせ、事業が成功しているように見せかけて、大金をつぎ込ませるが——事業は失敗。

珍しくもない詐欺だったが、ラード商会を信用しきっていたのだろう。ボーレン家と派閥の者たちは多額の損失を出すまで、いや出してさえも事業が失敗に終わったのは不運だったからと、ラード商会を疑いもしていなかった。

同時期、ハインツはニコラウスにも罠を仕掛けた。

ニコラウスにはセザム国に懇意にしている娼婦がいた。彼女に会うためだけにセザム国へ訪れるほど入れあげていた。その娼婦は、ハインツがニコラウスの情報を得るため、第三者を介して雇った女だった。

ハインツは娼婦に『王配のあなたが危機を救って差し上げたら？　みんな、あなたに感謝するんじゃない？』と、ニコラウスに甘く囁かせてみた。

ボーレン家の資産に被害を与えられただけでも、ハインツからすれば充分な成果だ。

娼婦の誘導は駄目でもともとの計画でしかなかった。だが愚かなニコラウスは自分が事業の損失を穴埋めすれば、侯爵を黙らせ権力を握ることができると安易に考えた。

そして仕組んだハインツたちが驚くほどにあっさりと国庫金に手をつけ、それをボーレン家へと流した。

ハインツはすぐさま横領の噂を広め、怪文書をばら撒いた。

すぐに父と中立の臣下たち主導のもと、調査が開始された。しかし、あとは確たる証拠を公にするだけという段階になり、ボーレン侯爵に証拠を握りつぶされてしまう。

彼らを追い込む絶好の機会を逃してしまうと焦っていたのだが……ニコラウスが亡命をしたいとラード商会に助力を求めてきたことで、再び状況は一変した。

自身の横領の詳細な噂や怪文書が流れていたため、ニコラウスはボーレン侯爵に陥れられたと疑心暗鬼になっているらしかった。

(証拠がなくなったのなら、ニコラウス本人に証言させればよい)

亡命は外交問題に発展するため難しい。しかし秘密裏に逃がすことはできる、とニコラウスに伝えた。

罪を悔い、自死したように見せかける。似た死体も用意し、出国後の生活も保障すると持ちかけると、ニコラウスはその誘いに飛びついてきた。

もちろん、嘘である。

『罪を悔い』の部分、司祭の元で懺悔させる――ニコラウス自身に罪の告白をさせるのが目的だった。

当然、似た死体も、出国後の生活も用意していなかったが、ニコラウスは疑いを抱かなかったらしい。懇意にしている娼婦と暮らしたいので、セザム国に住居を用意してほしいとの要求までしてきた。

ニコラウスを呼び出す先は、王都の外れにある礼拝堂にした。

規模は小さく古びているが、由緒は正しい。王都には大聖堂もあったが、この礼拝堂も王家との関わりが深く、窮地に陥ったニコラウスが人目を忍んで訪れても不自然ではなかった。

レハール国では神の前では嘘を吐いてはならないという教義がある。そのため司祭の元で行う罪の告白は一切の虚偽がないものと判断され、司法に則った証拠能力を持つ。

ハインツは司祭とニコラウスを引き合わせる手筈を整えた。

あとは、ニコラウスがハインツの指示どおりに司祭の前で罪を明らかにするだけだ。

ニコラウスの姿は、礼拝堂に訪れる信徒たちにも目撃される。それもまた、証拠となるだろう。

だが――運が悪かったのか、それとも良かったのか。

その日、レハール王国に嵐が襲来した。天気を読むのに長けていた司祭は、信徒たちとともに麓《ふもと》の町へ早々と避難してしまった。

礼拝堂への道は、細い崖道以外にない。かつて、この崖道が大雨で崩れてしまい、一ヶ月もの間孤立し、餓死者が出たことがあった。その災害以降、礼拝堂では備蓄に日々気をつけるのはもちろんのこと、大雨が予測される日は避難するよう定められていたのだ。

司祭や信徒たちが不在ならば、ニコラウスを礼拝堂へ招いても意味がない。ハインツは日を改めるのも考えたが、せっかくの機会を逃したくなかった。

ニコラウスには、横領した経緯と贖罪《しょくざい》を記した手記を用意するように伝えてある。司祭の前での懺悔を先延ばしにするにしても、手記だけでも手に入れておきたかった。

空には分厚く黒い雲が広がっていたが、雨は降っていない。

町の人々が司祭の天気予想はときどき外れるとも言っていたのもあり、ハインツは礼拝堂へと向かうことにした。

しかしすぐにその選択を後悔することになる。

道中、小雨が降り始め、礼拝堂に到着する頃には、雨脚が酷くなっていたからだ。

建てつけが悪いのか閉め忘れたのか、礼拝堂のドアは開いたままで風に揺すられ開閉を繰り返している。

ハインツは急いで礼拝堂に入るとドアを閉じて閂《かんぬき》をかけ、燭台《しょくだい》に火を灯した。

帽子と上着を脱ぎ、奥にかけてあったリネンを借りて濡れた身体を拭く。一息ついて見上げる。高い位置にある窓には、バチバチと激しく雨粒が打ちつけられていた。

(酷い雨になった。……こんな天気では、さすがにニコラウスも来ないだろうな)

無駄足だったと、落胆する。

雨がやむまでは身動きができず、礼拝堂で夜を明かさねばならないかもしれない。それどころか、このまま雨脚が激しくなれば崖道が崩れる可能性もあった。今、こんな場所に閉じ込められるわけにはいかないのだが……と憂鬱な気分になる。

しばらくして、ゴンゴンとドアを叩く音がした。風で何かが打ちつけられているのかと思ったが「誰かいないのかっ」と雨音に混じって男の声がした。ニコラウスだ。

ハインツは慌てて、濡れたつばの広い帽子をかぶった。

ニコラウスとは過去に顔を合わせたことがある。キッテル家の息子がレハール王国に戻っていることを知られるわけにはいかない。

嵐のため外は暗く、礼拝堂の中も小さな燭台がひとつあるだけ。帽子をかぶれば顔は判別しにくいはずだ。

ハインツが閂を外すと、転がり込むようにしてニコラウスが中に入ってきた。

「いるなら、早く開けろ！　酷い目に遭《あ》った。何か拭くものを寄越せ」

喚《わめ》き散らしながらニコラウスは、水をかぶった猫のように頭をブルブルと振った。水滴がハインツの顔にかかる。

ニコラウスの横柄な口調に、ハインツは顔を顰めながらもリネンを手渡した。

「馬車では上れぬと断られたぞ。こんな不便なところに礼拝堂があっても意味はないだろうに。取り壊し、麓の町に新たに建て直せばよいのだ。王家が無能だと、民が苦労する」

礼拝堂までの崖道は狭く、天候にかかわらず馬車は使えない。

不便なのは確かだ。そのため災害で餓死者が出たときに、移転も検討された。しかし古くからこの場所にある礼拝堂に敬意を払う民は多い。民の猛反対により移転は断念。礼拝堂の備蓄が増やされ、崖道の広さは変えられずとも少しでも安全を確保できるよう整備がされた。大雨が予測される場合は麓まで避難するという定めもそのときに決まった。

そういう経緯を知らず、王家を無能扱いするニコラウスは滑稽だった。

「ところで……司祭はどこだ？」

ハインツは村人を装うため軽装だ。帽子も深くかぶっている。どこからどう見ても司祭には見えない。

「司祭様は雨のため、麓の町に避難をなさいました。私だけが礼拝堂の管理のため、ここに残りました」

「司祭がいないだと!?　それでは俺は何のために、この雨の中ここに来たのだ！」

ニコラウスは目を剝き、声を荒げた。

「日を改め」

「そのような時間はないのだ！」

ハインツの言葉が終わらぬうちに、ニコラウスが険しい顔で叫んだ。

礼拝堂ですべきことを終えれば、すぐに亡命できるよう手筈を整えている。そうラード商会を通じて伝えていた。すぐにでも国を離れたいのか、ニコラウスは日を改めたくはないようだ。

もちろん亡命などさせやしない。ニコラウスは国庫金横領の罪で、兵に捕らえられることになっている。

「司祭様に伝言があるなら、伺いますが」

ハインツはまずは手記を手に入れようと考え、ニコラウスを誘導する。

ニコラウスは考え込むように眉を顰めた。

「……伝言か……」

「……それでも、よいだろう……」

呟くと、懐《ふところ》から書簡を取り出す。

司祭の前で罪を明かさずとも、書簡だけでもラード商会から伝えられた条件を満たすと考えたようだ。

「少々、濡れてはいるが……中は無事だ。司祭に渡してくれ」

中が無事だと確認したあと、ニコラウスは書簡をハインツに手渡す。

「確かに受け取りました。必ずお渡ししましょう」

横領について包み隠さず己の罪を認めているのか。証拠になり得るのか。

すぐにでも確かめたかったが、さすがにニコラウスの前で中を確かめるわけにはいかない。ハインツは受け取った書簡を、テーブルの上に置いた。

「しかしすごい雨だな。雨が落ち着くまで、待ちたいところだが……。のんびりもしていられない」

「お帰りになられるのならば、ご用心ください。かつては、崖崩れもありましたので」

「脅すなよ」

ハインツのかたちだけの心配に、ニコラウスは肩を竦めた。

「ツキがないんだ。運が悪すぎて、本当に崖崩れに遭いそうな気がしてくる」

「運気は巡るものです。悪い運が続けば、次には良い運が回ってくるでしょう」

適当に話を合わせると、ニコラウスは鼻で笑った。

「だといいが……。ようやく、愛している女と一緒に暮らせそうだしな」

愛している女というのは、ハインツが雇っている娼婦のことであろう。

「偽りの愛を囁くのも疲れた。俺をさんざん縛りつけたくせに、俺が窮地に陥っても、助けようともしない。あんな女に深入りしたのが運の尽きだ」

「……よほどの悪女なのですね」

「悪女というか、馬鹿な女だな。自己中心的で、傲慢《ごうまん》で、嫉妬深い。せめて、閨で楽しませてくれれば我慢ができるが……男に奉仕するのは、身分の低い女がすることだと思っているのか、口淫どころか自分から動こうともしない。そのうえ、あそこの締まりも悪い」

ニコラウスは嘲るように言った。

腹の奥にある怒りが、ハインツの理性を焼き焦がすほどに熱くなる。

初めて会ったときの、ディアアナの姿が脳裏に浮かんだ。

祖母の王太后が亡くなったとき『私は……泣きません』と気丈にそう口にした、ディアナの顔を思い出す。

自己中心的で、傲慢で、嫉妬深い——ハインツはそんなディアナなど知らない。

自分が知っているのは、慎ましく真面目なディアナだ。感情を表に出さぬよう努《つと》め、いつも国や民のことを考えていた王女。

嫉妬する姿など、一度も見たことがなかった。

自分の知らないディアナを、この男は知っているというのか——。

婚姻してから五年。少女から大人の女性へと変わっていく彼女を傍で見てきた……いや、この男が少女だったディアナを、大人の女性に変えたのか。

頭の奥が熱い。

自分の大事な少女をぞんざいに扱う男が憎い。

自分から、愛《いと》しい少女を奪ったこの男が憎くてたまらない。

「必ず司祭に渡してくれよ」

ニコラウスはそう言い残し、ドアへと向かう。

ハインツは背を向けたニコラウスから視線を外すことなく、テーブルの上に置かれていた鉄製の花瓶を手に取った。

生けられていた白百合がはらりと床に落ち、水が滴る。

ニコラウスがドアを開けると、地面に叩きつけるように降る雨の音が、他の物音を掻き消した。だから、ニコラウスは気づくことができなかったのだろう。怒りに震える手で鉄製の花瓶を持ち、その背に近寄るハインツの気配に――。

どしゃどしゃと降り注ぐ雨に怯み、ニコラウスは外へ出るのを躊躇い足を止める。

ハインツはそのニコラウスの頭に、勢いよく花瓶を振り下ろした。

「っ……ぐあっ……！」

ニコラウスはうめき声を上げ、身体をふらつかせた。

セザム国に遊学してから、身体を鍛えていた。しかし荒事に慣れているわけではない。

一発では仕留めきれなかったようだ。

ハインツはもう一度花瓶を振り上げる。

「うっ……おっお前、何をするっ」

ニコラウスは驚愕に目を見開きながら、ハインツから花瓶を奪おうと摑みかかってくる。それを横に躱し、ハインツは花瓶でニコラウスの側頭部を殴った。

「……ひっ」

降りしきる雨の中、ニコラウスはどしゃりという音とともに、泥水の中に倒れ込む。

「誰かっ……たすけてくれっ……！」

四つん這いになり、ニコラウスが叫ぶ。

土砂降りの雨音と、ゴウゴウと激しい音を立てる風の音の中に、ニコラウスの声が空しく消えていく。

ハインツはニコラウスの背に馬乗りになり、もう一度、花瓶を振り下ろした。ニコラウスは魚のようにビクリと身体を弾ませたあと、動かなくなった。

（……ああ……やっと、死んだ）

煮え滾《たぎ》る怒りを抑えられず、衝動的に殺害した。だというのに自分でも驚くほどに冷静だった。

（死体をこのままにしておくわけにはいかない）

崖から落とせば、頭に傷があっても不審には思われないだろう。

おあつらえ向きに、礼拝堂の前には広場の向こうは崖になっている。

ハインツは土砂降りの中、崖までニコラウスを引きずっていく。びしょびしょに濡れた酷く重いニコラウスの身体を持ち上げ、落下防止の柵《さく》の上に乗せる。そして押しやるようにして、ニコラウスを柵の向こうへと落とした。

辺りはすっかり暗くなっているうえに、この風雨だ。崖下の様子はもちろん、音も聞こえなかった。

ニコラウスの身体がどこまで落ちたかわからないが、確かめる術はない。

この激しい雨が、殺害の痕跡を消してくれることを祈るばかりだ。

ハインツは凶器となった花瓶を雨で洗い流し、礼拝堂に戻る。床に落ちていた白百合を再び生け、元の位置へと置いた。

リネンで身体を拭いたあと、ニコラウスが持ってきた書簡を確認する。

指示したとおりに国庫金横領の経緯と、贖罪が記されていた。これならば証拠となるはずだ。

崖下には転落したニコラウスの遺体がある。自死を仄めかす言葉はないが、贖罪の文面から上手くいけば遺書と判断されるだろう。

ハインツは書簡を祭壇の上に置く。濡れた床をできるだけ綺麗に拭《ぬぐ》い、燭台の火を消すと、使用したリネンを手に礼拝堂を出た。

これだけの嵐だ。崖道が崩れている可能性がある。崩れていなくとも、崖道を風雨に晒されて無事に麓まで下りるのは難しい。だからといって天候が落ち着くまで待つことはできない。嵐が収まって戻ってきた司祭たちと遭遇する可能性があるからだ。ハインツがここにいたという目撃者を作るわけにはいかなかった。

横殴りの雨がハインツの顔を打つ。

不思議と不快感はなかった。冷たい雨が熱くなっていた身体を冷ましてくれる。神聖な礼拝堂で大罪を犯したばかりだというのに、清々しさすら感じていた。

この嵐だ。麓へと下りていく最中に事故があっても不思議ではない。もしもニコラウスのあとを追うようなことになれば――それは殺人という罪を犯したハインツへの神が下した罰なのだろう。

ハインツは土砂降りの雨と激しい風に晒されながら、崖道を下りていった。

(死なかったから、赦されたとは思ってはいないが……)

幸運にもハインツは無事、麓町に着くことができた。

嵐は想像していた以上に猛威をふるい、木々をなぎ倒し、建物が浸水するほどの大きな被害を出していた。

ニコラウスの遺体が発見されたのは、ハインツが彼を崖下に落とした翌日だった。

崖下から落ちた際についた裂傷で遺体の損傷が激しく、頭部の殴打が死因だとは気づかれなかったらしい。ニコラウスの死は自殺として処理された。

ニコラウスを亡命させると欺《あざむ》き横領の証拠を手に入れる計画は、ざっくりとではあるが父には話していた。ニコラウスの死にハインツが関わっていると、父は気づいているはずだ。

『陛下のお気持ちを優先してほしい』

しかし父はハインツを糾弾することなく、ディアナへの配慮だけを求めた。

ニコラウスの葬儀の日。

ハインツは五年ぶりにディアナの姿を見た。

参列者が去ったあとも、夫を悼んでいるのかディアナは佇んだままだった。

背筋をピンと伸ばした立ち姿は五年前と変わっていない。

身体つきは華奢なままだが、背は伸びたようだ。少女らしい丸みのあった頬は、若干面長な輪郭へと変わっていた。

喪服を着ているせいか、白い肌がよりいっそう白く見える。

ディアナは五年前の面影を濃く残したまま、美しい大人の女性に成長していた。そんな彼女に、ハインツは見蕩れた。

ハインツはディアナを助けたいだけだった。

ボーレン家に利用され、夫であるニコラウスはディアナを軽んじている。毒でディアナの命を狙っている者がいる。

そういう者たちから、ディアナを守りたかった。それだけだった。

決して、彼女を手に入れたいと思っていたわけではない。

ニコラウスを手にかけたのも、ディアナを奪われた憎しみもあるが、何よりも彼女への侮辱が許せなかったからだ。

大事にしていた少女との思い出を穢された気がし、憎しみが募った。

決してニコラウスを殺し、その後釜に座ろうなどとは考えていなかった。そのはずだった……。

しかしディアナと再会し、靄《もや》がかかっていた景色が澄み渡るように、己の心の底にあった本心に気づいてしまった。

ハインツはずっと、ディアナを取り戻したかった。彼女の傍に立てる権利を、ともに歩く未来を、取り返したかったのだ。

己の想いに気づいてしまえば、もう止まることなどできなかった。

（もうあのときのような、悔しさや苦しさは味わいたくない）

ハインツは父に『性急すぎる』と何度も注意を受けたが、ディアナに積極的に再婚を迫った。

五年前から変わった部分、変わらない部分。ひとつ知り、ひとつ気づくたびにディアナに惹かれていった。

けれどもいくら迫ろうとも、王配にふさわしいのはハインツしかこの国にはいないというのに、ディアナは結婚に前向きではなかった。頑ななまでに、ハインツとともにある未来を考えようとはしてくれなかった。

『そうだ、ディアナ。賭けをしませんか？』

ディアナの拒絶を察し、くだらないと思いながらもハインツは賭けを持ちかけた。

悪あがきだという自覚もあったが、一緒に過ごす時間を少しでも増やし、何とかディアナを振り向かせたかった。

ニコラウスの死がディアナを苦しめているのなら、あの男を殺害したのは失敗だった。生きたままニコラウスを罪に問い、王配の座から引きずり下ろしたほうがよかったのかもしれない。

殺したのは失敗だった、と悔いていたが——今は殺して正解だったと感じている。

「……ディアナ」

ハインツはディアナの銀髪を撫でた。

ぼんやりとした青い瞳がハインツを見上げる。

「……これで……あなたの、欲は満たされたのでしょうか？」

ディアナが掠れた声で訊いてくる。

普段とは違う色っぽい声だ。

身体に触れ、ディアナを手に入れたという欲は満たされた。

しかし性欲は満たされていない。

衣服の下でガチガチに昂ぶっているものを今すぐ取り出して、扱《しご》き、溜まった熱を放ちたかった。

だが正直な欲求を打ち明けるわけにはいかない。ディアナに幻滅される。

「ええ。満たされました。……あなたは？　俺に触られるのは嫌でしたか？」

ハインツの指や舌に敏感に反応していたが、怯えているそぶりも見せていた。

ニコラウスがそれほど手酷く抱いていたのかと思うと、腹立たしくなる。だがその一方で、初めての快楽を自分の手で導けた喜びも感じていた。

ディアナはハインツの問いに、小さく首を横に振った。

「……………怖いというか……不思議な感じはしましたが……嫌では……ありませんでした」

「なら、次もよろしくお願いします」

「次……？　また、するのですか？」

「ええ。嫌ですか？　もちろん、子どもができるような真似はしません」

ディアナは考えるように眉を寄せた。

「あなたが私の未熟な身体で満足できるならば、かまいませんが……。よいのですか？

誰かもっと……成熟した女性のほうが、あなたを満足させられるのでは……」

ディアナはよほど自身の身体に、引け目を感じているらしい。

ニコラウスが気に入っていた娼婦は、豊満な身体つきをしていた。華奢なディアナは、ニコラウスの好みではなかったのだろう。

『男に奉仕するのは、身分の低い女がすることだと思っているのか、口淫どころか自分から動こうともしない。そのうえ、あそこの締まりも悪い』

ニコラウスの言葉が頭をよぎる。

まさか本人にそこまで明け透けな言葉は向けていないと思うが、胸の大きさなどを揶揄されていたのかもしれない。

「人には様々な好みがありますけど、俺が触れたいのはあなただけです。他の女性はいりません」

ディアナはパチパチと瞬きをする。

「ハインツは、未熟な身体が好みなのですか？」

「未熟な身体が好みなわけではありません。俺はあなたに触れたいだけです。それに、あなたの身体は充分成熟していると思いますよ」

どこもかしこも華奢だったが、触れれば身体をくねらせ、甘い息を漏らしていた。

「せいじゅく……」

「本当に未熟なら、俺の愛撫であんなに濡れはしません」

ディアナは恥ずかしかったのか、視線を揺らした。

ハインツはその愛らしい様子に苦笑を浮かべ、ベッドから下りる。

「……どこに行くのですか」

自慰をするため、部屋に戻るとは言えない。

「あなたも疲れたでしょう？　一人で眠るほうがよいかな、と思いまして。……寂しいなら、添い寝してあげますよ」

冗談のつもりで『添い寝』と口にした。

てっきり『お断りします』という答えが返ってくると思っていた。しかし。

「添い寝してください」

無表情でディアナが言う。

「……寂しいのですか？」

「寂しい……のでしょうか。何となく……あなたと……まだ一緒にいたい気がしました」

ディアナは目を伏せ、訥々《とつとつ》と口にする。

股間が衣服の下で暴発しそうだ。ハインツは、ぐっと下腹部に力を入れ、我慢をした。

そうして再びベッドに戻る。

目の毒だったので、ディアナの乱れたナイトドレスを直す。

ハインツを誘惑する身体にシーツをかけ、汗ばんでいるディアナの前髪を指で梳いた。

「眠っていいですよ。子守歌でも歌いましょうか？」

「歌は結構です。……あなたも眠りますか？」

疲れているが、絶対眠れない。

「ええ。俺も寝ますよ」

股間の昂ぶりを何とかしないと寝られるわけがない。そう思いながら、ディアナの傍に横たわる。

しばらくして、安らかな寝息が聞こえてきた。

ハインツはディアナが目を覚まさないよう、慎重にベッドから下り、自室に向かった。

第五章　恋情

ハインツと結婚し、二十日。初夜以降も、ディアナは夫婦の寝室で夜を明かしていた。

夫婦といえども連日、同衾はしない……と思う。

侍女たちの目があるとはいえ、毎日夫婦の寝室のベッドを使用する必要はないはずだ。

そう思って、ディアナも自室で眠ろうとした日もあった。けれどハインツが夫婦の寝室にいると思うと落ち着かず、つい寝室へと足を向けてしまっていた。

ハインツは大抵寝室にいたが、いない日もあった。

いない日は、少しだけ待つ。

待って、来なければ自室に戻るつもりでいた。しかし、ハインツは寝室に現れた。そのため、ディアナは自室に戻れなかった。

何もせず眠る夜もあったが、初夜のときのように触れ合うこともあった。

「……んっ、ふっ……」

「……声、我慢しなくていいですよ」

ディアナは口を押さえたまま、首を横に振った。

ハインツは脚の間に顔を埋めている。首を振ってもハインツには見えない。言葉にしないと自分の気持ちは伝わらないとわかってはいたが、口を開くと甘い声を上げてしまいそうで何も言えなかった。

「ん……んん……んっ！」

ハインツがディアナの一番敏感な突起に吸いついてきた。

立てた膝がビクビクと震える。腰を反らし、ディアナは悦楽を極めた。

「最初のときより、イキやすくなってきましたね」

その部分から顔を上げ、ハインツが嬉しげに報告する。

ハインツに陰部を触られていると、身体が火照り、気持ちがよくなる。気持ちよさが続くと、身体が浮くような激しい悦楽を覚える瞬間があった。その状態を『イク』というらしい。

ハインツの指摘どおり、初めて触れられたときよりも、イクのが早くなってきたような気がする。特に陰部の敏感な突起を触られると、すぐにイッてしまう。

自分は他の女性たちより未熟だと思っていた。

だというのに、ハインツに触れられると悦楽を覚え、敏感に反応してしまう自分の身体が不思議だった。

「すみません」

「どうして謝るんです？　たくさん、好きなだけイッていいんですよ」

ハインツはにこやかに微笑みながら、ディアナの乱れた下肢を整えた。

「まあ、でも今夜は一度だけにしておきましょうか。明日は被災地の視察ですし、早めに休みましょう」

ハインツは身体を起こし、ベッドから下りた。

初夜のとき、ハインツは添い寝をしてくれると言った。離れがたい気持ちになったので、ディアナはその厚意に甘えたのだが、目が覚めるとハインツはベッドにはいなかった。

ディアナが眠ったあと、自室に戻ったらしい。

添い寝というのは、朝まで一緒に眠ることだと思っていたのもあって、何となく裏切られた気がした。

ハインツが夫婦の寝室から出て行こうとしても、気に留めないようにしていたのだが。

(私と同じベッドでは安眠できないのかもしれない。それに、ハインツがいないほうが私も広々とベッドを使える……)

そう自分を納得させようとするのだが、胸の奥がざわざわして落ち着かない。

記憶にある限り、ディアナは誰かに添い寝をしてもらった経験はない。

一人で眠るのが普通だ。だというのに、なぜハインツを引き留めたくなるのか。自分でもよくわからなかった。

「……ハインツ」

ディアナは指を伸ばし、ベッドから立ち上がろうとしているハインツのシャツを摑んだ。

「どうしたんです？　また添い寝をしてほしいんですか」

からかうような笑みを浮かべ、ハインツが訊いてくる。

ディアナは半身を起こした。

「いいえ。今日はあなたがここで眠ってください。いつも私が広々としたベッドを使うのは気が引けます」

ハインツが自分を置いていくので、落ち着かないのだ。

落ち着かない理由をそう結論づけたディアナは、寝室のベッドをハインツに使わせ、自室に戻ろうと思った。

「気が引けるって……。あなたは女王陛下で、この王宮の主人はあなたです。俺に遠慮なんてする必要はまったくないでしょうに」

ハインツは呆れたように言った。

「私より、あなたのほうが体格がしっかりしています。広いベッドは、あなたが使うほうがよいと思います」

「俺は寝相がよいので、別に広々したベッドでなくとも平気ですよ」

「私も寝相はよいです」

ディアナはそそくさとベッドを下り、まだ腰掛けたままのハインツの肩に手を置いた。

「……ハインツ？　どうしたのですか？」

ディアナはいつもと様子の違うハインツに不審を抱いた。

ハインツは姿勢がよい。なのに、今は前屈みになっている。腹痛か、何か腹に大事なものを隠しているかのようだった。

「どうって……何でもありませんよ」

気のせいだろうか。焦っているように見える。

（何か疚しいことがあるのだろうか）

ハインツはニコラウスとは違う。

揶揄うことはあるけれど、ディアナを軽んじた言動は取らない。

それに、結婚して二十日しか経っていない。王配の地位を利用し、悪事に手を染めるにしても早すぎる。

（けれど……ハインツがもし、ニコラウスのようになったとしたら……）

ディアナは途端に恐ろしくなった。

念のため、きちんと確認しておいたほうがよい。

ハインツの前で跪き、彼の太ももに手を置いた。

「ディ、ディアナ」

隠し事をしているのは間違いなさそうだ。狼狽《ろうばい》しているらしく、声が上擦っていた。

「ハインツ、お腹に何を隠しているのです？」

「何も隠していませんよ。ディアナ、ほら退けて」

「隠していないのならば、姿勢をきちんと正してください」

「いや……あの」

「疚《やま》しいことがあるのですか？　これは王命です」

ハインツは押し黙る。

長く逡巡せねば明かせぬくらいの、重大な隠し事のようだ。

（もしも……国庫金横領ほどの罪だとしたら……）

罪を公にし、処罰を受けさせねばならない。

（一度だけならば……何とか隠すことができないだろうか……いえ、一度であっても罪は罪……）

ハインツが裁かれる姿を想像し、ディアナは胸が苦しくなった。

「わかりました」

ハインツは覚悟を決めたのか姿勢を正す。

彼の罪を正視するのは怖かったが、ディアナは勇気を出して、じっと正面を見据えた。

しかし見たところ、何もない。念のため、ハインツの掌を広げさせてみたが、何も持っていなかった。

(何もない……)

腹痛だったのだろうか……と、ディアナはハインツの下腹部を注視した。

脚の間に、何かがある。

ディアナはハインツの脚の間に手を伸ばした。

「何、触ろうとしているんです。駄目ですよ」

ハインツは慌てたように言う。そして触れる寸前のところで、手首を摑まれた。

なぜ触っては駄目なのです――と問おうとして、ディアナはハッとする。

(これは……あれではなかろうか)

脚の間。男性の下腹部には、男性器がぶら下がっている。

ディアナも、知識として知っていた。だというのに、すっかり頭から抜け落ちてしまっていて、愚かな真似をしてしまうところだった。

「すみません……。ですが、いつもは……このように膨らんでいない気がします」

ハインツの股間を注視したことはなかったが、これほどこんもりと膨らんでいたら気づくはずだ。普段は、上着で隠れているから気づかなかっただけかもしれないけれど。

「ディアナ、俺も男ですから。あなたの身体に触れたんです。勃起くらいしますよ」

ディアナが不審に思っていると、ハインツが少し早口に言った。

「ぼっき」

勃起とは、性的興奮により男性器が硬く大きくなる現象である。

女性器に挿入しやすくなるように硬くなり、前方に突き出る——と書物に書いてあった。

「ハインツは、私の女性器に挿入したいのですか？」

「……ディアナ……」

ハインツが険しい顔でディアナを見つめてくる。

どうやら違ったらしい。

「私の女性器に挿入したくて勃起しているわけではないのですね。ならばなぜ、勃起しているのでしょうか？」

「いや、あの……挿入したくて勃起しています。けれど、子どもは作らないと約束したでしょう？　だから我慢しているのです」

ハインツは溜め息混じりに言った。

確か、勃起は射精しないと治まらなかったはずだ。

「苦しくはないのですか？」

「それはもちろん、苦しいですよ。だから、その……早く退けてください」

「退ける？」

「自室に帰り、自分の手で処理しますので」

「……自分で処理……、射精するのですか？」

「ディアナ、そういう、恥ずかしいことを言ってはいけません」

「私に触れたあと、いつも自室に行っていました。ご自身の手で射精していたのですか？」

「……ディアナ。だから、そういうことを口にしたら駄目です」

ハインツはディアナを押しのけ立ち上がろうとした。

ディアナはハインツの太ももにしがみついた。

「ディアナ」

「手伝いましょうか？」

「…………手伝う？」

「ええ、私の手で」

先ほどまで、ハインツはディアナの女性器に触れていた。彼の指や舌は、ディアナに悦楽をもたらした。

おそらく、射精と『イク』は似たような現象だ。

お返し……というわけでもないのだが、自分もハインツに触れたいと思った。

「私に触れられるのが嫌なら、無理にとは言いません」

「ニコラウスに……強要されたことがあるんですか？」

「……ニコラウス？　いえ、彼には」

「答えなくていいですよ」

ハインツはディアナの言葉を遮り、脚を広げた。

「ディアナ、もっと近づいて。俺の脚の間に入ってください」

「……触ってもよいのですか？」

「ええ。触ってください」

許可を得たディアナは、ハインツのほうへとにじり寄った。

下肢を緩め、ハインツは男性器を取り出す。

ディアナは弾むように飛び出した男性器に目が釘付けになった。ハインツの手の中にあるそれは、綺麗な紅色をしていた。棒状になっていて、先端部は張り出している。

ハインツが男性器から手を外す。手の支えがなくなっても、男性器はピンと起ち上がったままだった。

幼児の腕の太さくらいある気がする。

(それに長い……。このようなものが、女性器に入るのだろうか)

「……大きいですね」

「ニコラウスと比べているんですか？」

ディアナが感想を呟くと、ハインツが低い声で訊いてきた。

ディアナは一度だけ、ニコラウスが交合している姿を目撃したことがあった。けれど遠目だったため、男性器の太さや長さまでは確認できなかった。

「いえ、ニコラウスの男性器は」

「答えなくていいですよ」

先ほどからハインツはおかしい。答えなくてよいのなら、なぜ訊くのだろう。

釈然としない気持ちで、ディアナはハインツを見上げた。

ハインツは、思い詰めたような険しい眼差しでディアナを見下ろしていた。

「……ハインツ？　どうかしたのですか？」

「どうもしませんよ。ディアナ、触ってください」

薄く嗤い、ハインツが促す。

ハインツの男性器は、はち切れそうなほど膨らんでいる……ように見えた。

(股間が苦しいせいで、眼差しが険しいのかもしれない)

ならば、早く勃起現象を収まらせたほうがよいだろう。

「手で触れれば、射精をするのですね」

ディアナは指でそっとハインツの男性器に触れた。

「硬いです」

ディアナは感触を確かめるため、指を男性器に這わせる。

「ディアナ、焦れったいだけです……それでは射精できません」

ハインツはディアナの手に手を重ねる。

「こうして……手で握って、上下に扱いてください」

ディアナは恐る恐る男性器を握る。ハインツの男性器は太くて、指が回らない。

「もっとキツく握ってください。ええ……それくらいで大丈夫です」

ハインツに言われるがままに、ディアナは男性器を握り、上下に動かした。

「上手ですよ……ディアナ」

低い声が掠れている。

ディアナは手を動かしながら、ハインツの顔を窺った。

ハインツは眉を寄せ、唇を僅かに開いて、じっとディアナを見つめていた。

妙に色っぽい表情に、胸の奥がざわめき、先ほどハインツに舐められていた場処がじくりと疼いた。触られてもいないのに、身体の奥から蜜があふれ出てくる。

ディアナは自身の身体の変化に戸惑いながらも、必死で手を動かした。

「……ハインツ、何か……出てきました」

男性器の張り出した先端部に小さな穴があり、そこからとろりと液体がこぼれ出した。

「あなたの女性器からも……蜜が出るでしょう？　あれと似たようなものです」

気持ちよいから、蜜が出ているのだろうか。

「ハインツも、気持ちがよいのですか」

「ええ。すごく、気持ちがよいです」

ハインツはそう言うと、ディアナの髪を優しく撫でた。

褒められている気がして、ディアナは嬉しくなった。

「もっと、たくさん教えてください。あなたに気持ちよくなってほしい」

「……ディアナ……っ……く」

ディアナの髪を撫でていた手が止まる。

そしてビクッと震えたあと、ハインツの男性器の先端からぴゅっと液体が飛び出してきた。白濁の液体は、ディアナの手だけでなく、顔にまで飛び散った。

「あああああ、すみません。ディアナ。出る前に、手を放させるつもりだったのに。俺はなんてことを！　うわ、手だけでなく、顔にまで。すみません。何か拭くものを……ああ、これで。髪にまで飛び散っている。洗わないとっ……」

ハインツは自身の着ていたシャツを脱ぎ、それでディアナの顔を拭った。

オロオロした様子で「すみません」を繰り返している。

ここまで取り乱したハインツを見るのは初めてだった。

「……ふふっ」

慌てふためく姿に、ディアナは口元を緩めた。

ディアナの顔を拭っていたハインツの手が止まる。

「……ディアナ……？」

「何ですか？」

「今、吹き出しましたね。笑ったでしょう？」

「……笑っていません」

驚いただけで、笑っていない……と思う。

「いえ、笑いましたよ。見ました」

否定したというのに、ハインツは断言する。

感情を見せてはならないと祖母から言い聞かされてきた。

王としての威厳を保つため。侮られないため。信用しすぎて、国を乱さぬため。

祖母の教えが間違っていたとは思わない。しかしニコラウスとの五年間を思い返すと、正しかったとも断言できなかった。

（少なくとも……）

夫婦の寝室で『笑った』『笑っていない』と口論になるのは、正しくはないと思うし、くだらない。

「なら、笑っていたのかもしれません」

ディアナがそう答えると、ハインツは「かもしれないではなく、笑っていました」と言い切った。

「賭けは、俺の勝ちですね」

「もうすでに結婚しています。勝ちも負けも関係ないと思います」

「まあ、そうですけど」

ハインツは床に膝をついていたディアナを抱き上げ、ベッドに下ろした。

「……ディアナ」

のし掛かってきたハインツが口づけをしてくる。

ディアナは目を閉じ、ハインツの唇を受け止めた。

「……ディアナ、精液くさいですね」

唇を離し、ハインツがぼそりと呟くように言った。

精液。ハインツの男性器から飛び出した液体は精液――子種だったらしい。

「くさいとしたら、それはあなたのせいです」

少し不快になり言い返すと、ハインツは笑った。

そうしてまた口づけをしてくる。

「そうですね。俺のせいです。浴室に行きましょうか」

何度目かの口づけのあと、ハインツはそう言った。

一人で入れると言ったが、ハインツは「俺が汚したのだから、俺が洗わないと」とよくわからない主張をした。

精液が飛び散っていないところまで、ハインツは丁寧に、ディアナを隅々まで洗った。

ディアナは大変、恥ずかしい目に遭った。

夜をともに過ごし、初めて朝をハインツと二人で迎えた。

ベッドの中で朝の挨拶をされるのは、嬉しいような落ち着かないような、不思議な感覚だった。

「それでは、またあとで」

ハインツはディアナに軽く口づけをして、自室に戻った。

ディアナもまた、自室に足を向ける。

今日は王都を出て、先の嵐で被害が大きかった町の視察と、被災した民の慰問に向かう予定だった。

結婚して初めての公務だ。

ハインツとは結婚パレードを行わなかったため、二人揃った姿を民に見せるのも初めてになる。身なりには、いつも以上に気を遣わねばならなかった。

結婚したばかりなのに質素すぎるのも駄目だが、ニコラウスが自死してまだ半年も経っていない。豪華すぎるのも駄目だ。

それに被災地の視察だ。派手すぎてもいけない。けれど、民を励ます慰問でもある。民が陰鬱な気持ちになってしまうような服装をするわけにもいかなかった。

悩んだ結果、用意されていた中から、淡い黄色のドレスを選んだ。靴もドレスに合わせた。

履き替えるために、靴に右足を入れたときだ。足の甲に痛みが走った。

「……陛下？　……っ」

途中で履くのをやめたディアナに、傍にいた侍女が不審げに声をかけてくる。

そして白い靴下の一部分が赤く染まっているのに気づき、愕然とした表情を浮かべた。

「騒ぎ立ててはなりません。宮廷医を呼んでください」

ディアナは指示を出し、傍にあったソファに座った。

靴下を脱ぎ、自身の足の状態を確認する。

親指の少し下に血が滲んでいる。傷口は小さく、針で刺した程度だ。

靴のほうも確認せねばならない。

とりあえず振ってみるが、何も出てこない。靴を掲げ覗き込むが、よく見えなかった。

ディアナは侍女に命じてナイフを持ってこさせた。

「……陛下、おやめください。危のうございます」

ディアナは止める侍女を無視し、靴に切れ込みを入れ、裂いていく。

慎重に見ていくと、内部に棘のようなものが仕込んであるのに気づいた。

(虫ならば……よかったのだけれど……)

棘が刺さった肌が痛い。痺れたような痛みが広がっている。明らかに小さな棘で傷ついただけではない痛みだった。

心の中で溜め息を吐いていると、宮廷医が慌てた様子で駆け込んできた。

六十代後半の痩身で白髪の男性だ。長く王宮に仕えている医師で、レハール王国でもっとも優れた医師でもある。医学を志す多くの若者が、彼に師事していた。父を看取ったのも彼だった。

先王派で、ボーレン家とは良好な関係とはいえなかったが、ボーレン侯爵が力を持つようなっても、腕のよさを買われて王宮に残っていた。

幼い頃から診てくれている医師にディアナは全幅の信頼を寄せている。

「身体の異変はありますか?」

傷口から血を絞り出し、薬を塗布したあと、宮廷医が訊いてきた。

「いえ、足に痺れがあるだけです」

「念のため、解毒薬を処方いたしましょう」

「ディアナっ」

ノックもなくドアが開き、ハインツが駆け込んできた。

侍女たちには騒がぬよう指示をしたが、宮廷医を呼んだためハインツに知られてしまったようだ。

近づいてくるハインツの顔は、真っ青だった。

「ハインツ。そのような顔をしないでください。かすり傷です」

「これは……」

ソファの横に置いている破れた靴に、ハインツが目を留めた。

「……っ！　触らないで。危ないです」

靴を触ろうとするので、ディアナは慌てて制止する。

「危ないって……どういう意味です」

ハインツが苛立った眼差しでディアナを見下ろしてきた。

「靴に毒が仕込まれていたようです」

どう答えるかディアナが迷っていると、宮廷医が淡々とした口調で告げた。

ハインツの表情が強張る。まるで彼のほうが毒を盛られたかのように、血の気を失っていた。

「毒は微量でした。特に身体に異変はありません」

心配いらないと伝えるが、ハインツの顔は強張ったままだ。

「毒の件は、宰相殿に私から伝えておきましょう。解毒薬はあとでお持ちします。それから、今日は一日安静にしておいてください」

宮廷医はそう言い置いて、部屋から出て行く。

ディアナは侍女たちにも退出を命じる。

ドアが閉まったのを確認してから、ディアナは口を開いた。

「本当に大丈夫なのです。心配いりませんから」

「……すぐに異変がなくとも、これから……異変が起きるかもしれないでしょう？」

ハインツはディアナの前に跪く。指で優しくディアナの右足の甲に触れた。

本当は明かすつもりはなかった。けれど、不安げなハインツを見ていると黙っていられなくなった。

「ハインツ、私は毒に耐性があるのです。もちろん、どの毒にも耐性あるわけではありませんが……この程度の、微量の毒では死に至ることはありません」

「耐性？」

「ええ。これは、宮廷医しか知らぬことです。キッテル伯爵もご存じありません。私は幼い頃から、毒を摂取してきました。私だけではありません。歴代の王も、毒による暗殺を防ぐため、幼い頃から毒を摂取し、身体を慣らしてきたそうです」

いつの頃からだろうか。物心ついたときから、祖母の命でディアナは少量の毒を口にするようになった。

毒の摂取をやめたのは十一歳の頃だ。

ディアナは発育が遅く、初潮の兆しがなかった。毒も原因のひとつでは、と宮廷医に止められたのだ。

けれど十一歳までにある程度の耐性はできていたらしい。一年ほど前、食事に毒が盛られていたときも、致死量だったにもかかわらず死には至らず、後遺症も残らずにすんだ。

犯人も毒を入れた方法も不明だったため、ディアナは宮廷医と口裏を合わせ『毒は微量だった』と偽った。

キッテル伯爵を信用していないわけではないが、ディアナは自分に毒の耐性があることは極力秘密にしておきたかった。毒の耐性が周知されれば、今回仕込まれた毒よりもさらに強力で即効性のある毒を暗殺者が用意する可能性があるからだ。

「このことは、あなたの心に秘めておいてください。もちろん、お父上にも」

「わかっています」

ハインツは低い声でそう言うと、両手に持っていたディアナの右足の親指辺りに口づけを落とした。

「……何をしているのです。汚いです」

足を引っ込めようとするが、足首を摑まれてしまう。

「あなたに汚いところなどありませんよ。……毒の耐性があったから、あなたが無事でいられるのだとはわかっています。しかし……幼いあなたに、毒を飲ませていたのだと思うと……怒りが湧いてきます」

ハインツはディアナの足の甲に頰を寄せて、言った。

息がかかるのが、くすぐったい。

ハインツに秘処を触れられたときのように、背筋がぞわりとして、身体が震えた。

「ディアナ、大丈夫ですか？」

震えに気づいたハインツが、ディアナの顔を窺う。

「少し、身体が怠いので……横になりたいです。足から手を放してください」

閨の中でもないのに、官能的な気持ちになってしまった自分が恥ずかしい。

異変は足の痺れだけだというのに、ディアナはハインツと少しでも距離を取りたくて嘘を吐いた。

ハインツが足首を放す。しかし、ホッとしたのは束の間だった。

身体がふわりと浮く。

「……ハインツっ、下ろしてください」

抗議の声にかまわず、ハインツはディアナを横抱きにして、ベッドへと運んだ。

運ばれた先は、夫婦の寝室のベッドではなく、ディアナの自室のベッドだ。

「着替えたほうが、休みやすいですか？　お手伝いしましょうか」

外出用のドレス姿のディアナを見下ろし、ハインツが言う。

「侍女に着替えを運んでもらうので、手伝いはいりません」

「どこに暗殺者が潜んでいるのかわかりません。俺がお手伝いしますよ」

「結構です。……あの靴は侍女が選んだのではなく、私が選びました。おそらく何者かが衣装部屋に入り込み、靴に毒を仕込んでいたのでしょう。私付きの侍女ならば、そのような回りくどい手段は取らないかと思います」

痕跡を残さぬためだったとしても、いつ履くかわからない靴に毒を仕込むなど、悠長にかまえすぎである。

ディアナ付きの侍女ならば、怪しまれずにディアナに毒を盛る方法は他にいくらでもあるだろう。

「それに……一年ほど前、毒を食事に混入されたことがありました。それ以来、私付きの侍女と警護兵は、キッテル伯爵が身辺調査をしております」

「そうですね……侍女に着替えを運んでもらいましょう」

キッテル伯爵から身辺調査の件を聞いていたのか、ハインツはすぐに納得した。

「ハインツ。私は安静にしていなければなりません。今日はあなただけで視察に行ってもらえますか」

侍女を呼びに行くため離れかけたハインツに、ディアナは声をかける。

ハインツは足を止め、不満げにディアナを見下ろした。

「あなたを一人きりにはできません」

「侍女たちがいますし、一人ではありません。……すでに視察の準備は整っていますし、みなに迷惑をかけるわけにはいきません」

今日の視察と慰問については、被災地にも伝えてある。

何よりこの視察はハインツと結婚後、初めての公務だ。急遽取りやめとなれば、民は不信感を抱き、ディアナに失望するだろう。ハインツ一人だけで視察と慰問をすれば、余計な詮索を招くに違いない。だが中止するよりはマシだ。

王家を取り巻く状況がわかっているハインツはしばらく黙ったあと「わかりました」と頷いた。再び、ベッドの上にいるディアナの傍に来ると真摯な眼差しで言い聞かせる。

「何か異変があれば、すぐに医師に診てもらってください」

「ええ。王配になったばかりだというのに……あなた一人に、お任せしてしまうのは心苦しいのですが」

「ディアナのぶんも、王族としてしっかり働いてきますよ」

ハインツは微笑み、ディアナの髪を撫でた。

ハインツが視察に向かうため部屋を出て行ったあと、入れ替わるように宮廷医が入ってきた。

処方された薬を飲む。

「宰相殿に今回の件をお伝えいたしました」

「そうですか。ありがとうございます」

「…………」

「……どうかしましたか？」

宮廷医が何か言いたげなのに気づき、ディアナは訊ねた。

「いえ……この期に及んで、まだ陛下のお命を狙う者がいるのかと……」

口ごもりながら言う宮廷医を、ディアナは訝しむ。

彼が治療に関係のない『心配』や『詮索』をするのは初めてだった。

「私が案じることではありませんね」

宮廷医はハッとしたように呟き「失礼します」と告げ退室する。

（……どこか落ち着きのない態度だった……私の命を狙ったのが誰なのか、彼も気づいたのだろうか……）

ぼんやりと考えを巡らせていると、薬のせいか眠気が襲ってきた。ディアナは目を閉じ、眠った。

眠ったのは一刻程度だったが、起きると足の痺れはほとんどなくなっていた。

午後を少し過ぎた頃、キッテル伯爵が姿を見せた。

衣装部屋に出入りした者を調べているが、確たる証拠はないという。

「見張りを強化します」

キッテル伯爵ははっきりとは口にしなかったが、強化するのは衣装部屋やディアナの身辺の見張りではない。ボーレン侯爵とニコラウスが王宮からいなくなった今、ディアナの命を狙う者は限られていた。

キッテル伯爵やハインツが企てた可能性もなくはないが……結婚してまだ一ヶ月も経っていない。王家の乗っ取りを企てていたとしても、もっと慎重に事を運ぶはずだ。それにディアナ付きの侍女は、キッテル伯爵が選んでいる。ディアナを殺害するつもりなら、いつ履くともわからぬ靴に毒を仕込むより、もっと確実な方法を選ぶであろう。

そう考えていくと、今ディアナの命を狙う者は一人しかいなくなる。

（いつか和解できたらと思っていたけれど……もう無理なのだろうか……）

「お願いします」

重い気持ちでディアナは、自分の命を狙うであろう人物の一人……マルグリットの見張りの強化を頼んだ。

キッテル伯爵はディアナに安静にするよう言い残し、部屋を出て行く。

一人になり、ディアナは重く長い溜め息を吐いた。

証拠が出てきたら、マルグリットを罰しないといけなくなる。

（その前に説得して……どこか静養地を用意して、そこに移ってもらうことは……できないだろうか……）

できれば穏便にすませたい。

ディアナは憂鬱な気分で、目を閉じた。

先ほど起きたばかりだというのに、再び眠気が襲ってきた。

ハインツと結婚し、夜をともにするようになった。薬のせいだけでなく、今までとは違う生活で疲れが溜まっているのかもしれない。

ディアナは睡魔に身を任せた。

マルグリットとフロリアンのことを考えていたせいか、母と弟の夢を見た。

小さな弟を母が抱いている。母は幸せそうな顔をしていた。

『あなたじゃなく、この子が王になるの』

母がにっこりと笑って言う。

『ええ。私もそのつもりでいます。ただまだフロリアンは幼い。せめて十年、待ってください』

ディアナが返すと、母は笑った。

『本当に？　この子を王にするわよ。いいの？』

もちろんだ。フロリアンが王になるべきだ。女王の自分より、正統な血を引く男児、フロリアンのほうが王にふさわしい。

（本当に？　本当にそれでいいの？）

心の奥で、問いかけてくる声がした。

赤子だったフロリアンがどんどん成長していく。そして——成長したフロリアンの姿が、ニコラウスになった。

場面が切り替わる。

ゴウゴウと風が鳴っている。バサバサと木が揺れ、びしゃびしゃと雨が地面を激しく叩いている。

なぜかニコラウスが崖際に手をかけ、ぶら下がっていた。

『たすけてくれっ！』

ニコラウスが叫ぶ。

助けなければと手を伸ばしかけ、ディアナは躊躇う。

崖の下は真っ黒で何も見えない。

非力な自分では、ニコラウスを支えきれない。ニコラウスとともに崖の下に落ちてしまう。

あと少しで届くという距離で、ディアナは迷い、手を止めた。そのとき――目の前にいたニコラウスの姿が、再び一変した。

ニコラウスの顔がハインツになる。ディアナは息を呑んだ。

息を呑んだと同時に、ハインツが崖の下へと落ちていった。

「…………っ！」

目を開けると、そこは見慣れた自身の部屋だった。

すぐに夢だと気づく。

ホッとしたけれど夢の光景が忘れられず、動悸《どうき》がおさまらない。半身を起こし、胸に手を当て、ディアナは何度も深呼吸した。

「陛下、お目覚めですか？」

物音でディアナが起きたと気づいたのか、侍女が現れ声をかけてきた。

「お水でもお持ちしましょうか？」

「ええ……。私はどれくらい眠っていましたか？」

「今は、夕刻前でございます」

すっかり寝入ってしまっていたようだ。

ナイトドレスは寝汗でじっとりと濡れていた。

「お食事の用意をいたしましょうか？」

「その前に、着替えをします。ハインツは……戻っていますか？」

夕刻前ならば、もう戻っているかもしれない。それならば一緒に食事をしたい。

ディアナは重い身体を起こし、訊ねた。

「お戻りは少々遅れるかもしれません」

「……なぜです？」

何かあったのだろうか。不安になって訊ねる。

「雨です。酷い土砂降りなので、馬車での移動は困難かと」

真っ暗な崖の下へと落ちていった……夢の中のハインツが脳裏に浮かんだ。


ハインツは夕刻を過ぎても戻って来なかった。

夜が更けても、雨脚は変わらず激しいままだった。

『この雨です。雨がやむまで身動きができないのでしょう』

食事もせず、ハインツの帰りを待っているディアナに侍女は言った。

伝令はない。もしも道中、事故に見舞われていたら、何かしらの連絡が入るはずだ。

おそらく侍女の言うとおり、雨がやむまでどこかで待機しているのだろう。宿を借りているのかもしれない。

土砂降りではあるが、ニコラウスが亡くなった嵐のときほど酷くはない。

ただの雨だ。心配せずとも大丈夫だ。そう思おうとするが、悪夢を見たせいか不安でたまらなくなる。

（それに……）

自分だけでなく、ハインツも命を狙われていたとしたら。

王配であるハインツも、母は邪魔に感じているかもしれない。

（ハインツも……もしかして毒を仕込まれているのでは……）

そんなわけないと思いながらも、嫌な予感がしてならない。

窓の前に立ち、外の様子を窺う。

雨は少し小降りになっていた。

昼間眠ってしまっていたのもあって、まったく眠たくない。じっとしていられなくなり、部屋を意味もなく歩き回っていたときだ。ドアを叩く音がした。

侍女が何か伝えに来たのだろうか。ハインツが事故に遭ったという報せなら、聞きたくない。胃が重く、吐きそうだった。

恐る恐る返事をすると、ドアが開いた。

オイルランプの温かな光の中、ドアの向こうから見慣れた男性が現れた。

「侍女から、あなたが休まずに俺の帰りを待っていると聞きました。遅くなって、すみません」

聞き慣れた声に、不安が解け、じわりと胸に温かなものがこみ上げてくる。

ディアナはゆっくりとハインツに歩み寄り、彼の胸に額を寄せた。

「ディアナ？　雨で濡れているので、離れてください。着替えがまだなんです」

ハインツの手が肩にかかり、やんわりとディアナを押し返そうとする。

「嫌です」

ディアナは背伸びをして、ハインツの首に手を回し抱きしめた。

「嫌って……どうしたのです？　身体の具合が悪いのですか？」

ハインツは心配げに訊いてくる。

「違います。身体は何ともありません。……あなたの帰りが遅かったので……」

「帰路で大雨に遭い、立ち往生していたのです。立ち寄った町で宿を借り、今夜はそちらで夜を明かすつもりだったのですが、雨が小降りになってきたようなので戻ってきました。俺のことを心配してくれていたのですか？」

「……ええ」

「でも俺のほうが心配していましたよ。あなたの身に、もし異変があったらと……気が気でなかった」

ハインツの指がディアナの髪を撫でた。

「そういえばレハール王国で雨が降るのは、あの嵐の日以来ですね。……ニコラウスのことを思い出してしまい、不安になってしまいましたか？」

ディアナは、ふとニコラウスの葬儀のとき、母から向けられた言葉を思い出した。

『……夫が死んだというのに涙ひとつこぼしていないなんて！　なんて冷たい子なのっ！』

涙をこぼさなかったのはニコラウスの葬儀だけではない。ディアナは祖母や父の葬儀でも泣かなかった。しかし同じ『死』でも、ニコラウスの死は祖母や父の死とは違った。

表情にこそ出さなかったが、祖母と父の死は悲しく辛かった。けれどニコラウスの死に対しては、悼みこそしたが悲しくも辛くもなかったのだ。

(先ほど見た夢の中でも……)

崖から落ちようとしていたニコラウスを、自身の命を危険に晒してまで救おうとは思わなかった。あれがもし夢ではなく現実だったとしても、ディアナはニコラウスを見捨てたと思う。

だというのに――ニコラウスの姿がハインツに変わった瞬間、激しい後悔と喪失感で、胸が痛く、苦しくなった。

ニコラウスへの罪悪感と、ハインツが今こうして傍にいてくれる喜びと安堵感。

ディアナはふたつの感情を押し殺すため、ぎゅっと強く目を閉じた。そうしてから、ハインツから身を離す。

「あなたが、無事でよかったです」

ハインツを見上げ、抑揚のない声で言うと、見下ろしてくる眼差しが険しくなった。

「……この涙は……俺が心配だったから？　それとも……ニコラウスを思い出したから？」

ハインツは低い声で問いかけてくる。

「……涙……？」

涙を流している自覚がなかったディアナは驚く。目元を押さえると、指に濡れたものが付着した。

「ディアナ、もし俺が、ニコラウスを…………いえ、何でもないです」

ハインツは途中で言葉を飲み込み、いつもと同じ微笑みを浮かべた。

「あなたまで雨で濡れてしまいましたね。というか、涙ではなく、雨粒があなたの頬についたのかもしれません。俺は着替えてきます。あなたも着替えて、今夜はゆっくり休んでください」

距離を取ろうとするハインツの腕を、ディアナは摑んだ。

「着替えをすませたら……夫婦の寝室に来ますか？」

訊ねるとハインツは困ったような表情を浮かべた。

「あなたも今日は疲れたでしょう。今夜はこちらで眠ってください」

「別々に眠るのならば……もう少し、お話がしたいです」

「あなたの靴に仕込まれていた毒については、後日話し合いましょう」

毒については、今後どうするのかきちんと話し合わねばならない。

けれど今は、その件について話し合いたくて、引き留めているのではない。

「一緒にいたいのです」

ディアナは素直に欲求を口にした。

「俺も一緒にいたいし、あなたがそう思ってくれているのは嬉しい。でも……これ以上、一緒にいたら、あなたに酷い真似をしてしまいそうだ」

「酷い真似？」

殴ったり蹴《け》ったりするつもりなのだろうか。なぜ、そんな暴力的な気持ちになっているのか、ディアナはわからなかった。

「私は……何かあなたを怒らせることをしてしまいましたか？」

「違いますよ。嫉妬しているだけです……ニコラウスはもう死んで、いないというのに……。あなたが悪いわけではない。俺の器が小さいだけです」

「嫉妬……。なぜ嫉妬するのですか？」

「なぜって……。この五年間……俺がどんな気持ちでいたかわかりますか。あなたを諦めようと何度も思いました……けれどどうしても諦めることができなかった。あなたは本来なら、俺と結婚するはずだったんです。ニコラウスは、俺からあなたを奪っていった。嫉妬するのは当然でしょう？」

「それほどまでに……王配になりたかったのですか？」

「いいえ王配になりたかったわけではありません。あなたの傍にいたかったのです。……五年前、婚約をしていた頃は、自分の気持ちに気づいていませんでした。もちろん、あなたを支えたいと思っていましたし、愛おしくは感じていました。けれど自分の中に、これほどまでの欲があるとはわからなかった。あなたと離れざるを得なくなってから……あなたを愛していたのだと自覚しました」

ハインツの言葉に、ディアナは大きく瞬きをした。

「愛……ハインツ、あなたは……私を愛しているのですか？」

「え…………今更、何を言っているんです？　愛していますよ」

「……それは恋情的な意味合いですか？」

「当たり前でしょう。愛してもいない女性に求婚はしませんよ。というか、愛していると言いましたよね？」

ディアナは自身の記憶を探る。

「愛していると言われた記憶はありません」

「……いや、確かに愛しているとは言っていないかもしれませんが……好きとは言ったでしょう……？」

「好きと言われたことはあるかもしれませんが……、冗談だと思っていました」

「何度も結婚を申し込んでいたのに？　冗談だと？　そう思っていたんですか？」

「はい」

嫌われているとは思っていなかった。

ハインツが結婚をしたがっているのは『王配』という立場を得たいからであって、『愛』が理由だとは思わなかった。

「確かにはっきり口にしなかった俺も悪いですけど。……いくら何でも鈍《にぶ》すぎでしょう」

呆れたように言われ、少し腹が立つ。

しかし鈍いのは事実な気がして、言い返せなかった。

「私は……恋情というものがよく理解できません」

祖母や父のことは尊敬していた。国や民も大事に思っている。その想いは『愛』に分類される。なので何となく愛というものは理解できる。

しかし『恋情』という感情がどういうものなのか、ディアナはわからなかった。

「……ニコラウスには恋情を抱いていなかったのですか？」

ハインツがじっとディアナを見つめてくる。

ニコラウスを夫として尊重せねばならないとは思っていた。けれど、尊敬の念すら抱けなかった。

「おそらく抱いてはいませんでした。恋情というものが、どのような感情なのかわかりませんが……」

ニコラウスがみなの前でまた嫌みを言うのだろうかと思うと、憂鬱になった。

彼から粗雑な対応をされると、体格差もあり恐怖を感じた。

そういう感情は、恋情ではない。

「そうですね……相手を想うと甘酸っぱい気持ちになります。そういう感情が、恋情です」

「……果物を目にすると、甘酸っぱい気持ちになります。私は果物に恋情を抱いているのですか？」

「果物を見たときのような、気持ちになるということですよ。……胸が苦しくなったり、嬉しくなったり。一緒にいると癒《い》やされるのに、見つめられると胸が弾む。触れたい、触れられたいとも思う。仕草に見蕩れたり、声に聞き惚れたり。素敵だなと思って、胸がざわめいたりするのも恋情の一種だと思いますよ。……ニコラウスに見惚れて、胸がざわめいたことはないんですか？」

ディアナは首を横に振った。

ニコラウスに襲われたとき動悸が激しくなったが、あのときの感情は恐怖だった。ニコラウスに見惚れたわけではない。

けれど——相手はニコラウスではなかったが、見惚れたことも聞き惚れたこともあった。胸が苦しく、嬉しくなる。

一緒にいると癒やされ、見つめられて胸が弾んだこともあった。

「それらの感情は、ニコラウスではなく、あなたに抱いていました。思い返してみれば、初めて会ったとき、あなたの声に聞き惚れましたし、容姿にも見蕩れていました。私は初対面のときから、あなたに恋情を抱いていたのでしょうか？」

ハインツは怪訝《けげん》そうな表情で、ディアナを見下ろしていた。

口を開いたので、答えてくれるのかと思って待つ。けれどハインツは、口を開いたまま、なぜか動かなくなってしまう。

「婚約期間中、あなたといると、よく胸がざわめいていました。五年前、あなたが遊学のためレハール王国を去ったときも、胸が激しくざわめき苦しくなった。再会してからも……あの頃と同じように、いえ……あの頃よりも、頻繁に胸がざわめいていました。それに、あなたに触れられたいと思いましたし、触れたいとも思います。そんな気持ちになるのは、あなたに対してだけです」

ディアナは冷静に自身の気持ちに向き合いながら、淡々と言った。

「この気持ちは……愛なのでしょうか……？」

自身に問いかけるように呟く。すると目の前にいる身体が近づいてくる。

「……っ、ハインツ」

ぎゅうっとキツく抱きしめられる。

「……ハインツ、どうかしたのですか？　着替えに行くのでは？」

一緒にいたら、酷い真似をすると言っていた。

苦しいほど抱きしめられている。この行為が酷い真似なのだろうか。

「愛しているなんて……言われて、どうかしないほうが……どうかしている」

「……愛しているとは言っていません。愛なのでしょうか？　と訊ねたのです」

「愛ですよ。俺も愛していますし、俺たちは互いに愛し合っている。両想い夫婦です」

ふわりと身体が浮く。

ハインツはディアナを横抱きにすると、大股で歩き、夫婦の部屋へと続くドアを開けた。

ベッドに下ろされる。

「……どうして、ベッドへ？　着替えないのですか……んっ」

ハインツはディアナの身体にのし掛かり、唇を重ねてきた。

驚いて開いた唇の間に、ハインツの舌が差し込まれる。ねとりと互いの舌が触れ合うと胸がざわめき、ゾクゾクとした悦びが身体を駆け巡った。

口づけをしながらハインツの手が、ディアナのナイトドレスを脱がしていく。

ディアナの名を呼びながら、ハインツは露わになった胸に顔を落とした。

乳首を食まれる。ディアナはびくりと震え、ハインツの黒髪に指を入れた。

ハインツは衣服だけでなく、髪も雨で濡れそぼっている。きちんと着替えねば、風邪をひいてしまう。

「……ハインツ、やはり着替えを……あっ」

ちゅっと乳首を啄《ついば》まれ、ディアナは声を弾ませた。

「酷い真似はしません。だから、いつものようにあなたに触れさせてください」

ハインツはそう言いながら、ディアナの脚の間に指を滑らせた。

「嫉妬していないと言えば嘘になります。この肌にあの男が触れたのだと、この身体をあの男が知っているのだと思うと、苦しくなる。でも……あなたが俺を愛していると言ってくれた。それがただ……嬉しい」

ハインツが噛みしめるように言った。

ディアナはずっと言いそびれていたことを思い出す。

「待ってください……っ、ハインツっ」

ハインツの誤解を解こうと思ったのだが、指に秘処をなぞられ声が弾んでしまう。

「待てないよ、ディアナ」

ハインツの指が、快楽の尖りをぐにぐにと転がす。

「やっ……あっ……、ハインツ、違うのです」

「違う？　何が違うのです？　まさか俺への愛が違うとでも言いたいの？　俺の愛撫で、あなたのここはこんなにもいやらしく蜜をこぼしているのに」

「そうではなく……、ニ、ニコラウスとは……このような……行為をしていません」

「あの男は、あなたの陰核に触れなかったんですか……。前戯はまったくせず即挿入なんて酷い男だ。ディアナ、怖がらないで。俺はあなたに痛いことはしません。約束します」

「そうではなくてっ……閨を、閨をともにしていないのです……あっ」

ハインツの悪戯な指の動きが止まる。

「閨を……ともにして、いない？」

ディアナはホッとし、自身の初潮が遅く、そのためニコラウスとは同衾しなかったと打ち明けた。

「初潮がきてもニコラウスは同衾を拒みました。一度だけ襲われたことがありましたが、寝室でなく執務室だったのもあり、抵抗してしまい……それっきりです。ニコラウスには……他に愛している女性もいましたし、私に興味はなかったのでしょう」

ちらりと窺うと、ハインツは驚いた表情でディアナを見つめていた。

「あなたは……処女……まだ、交合の経験がないということですか？」

ディアナは頷く。

「一度だけ……ニコラウスと、彼の……恋人が交合しているのを見てしまったことがあります。……その女性は、私とは違い豊満な身体つきをしていました。ニコラウスは私を妻とは思えなかったのです。私は女性として成熟していない、不出来な女ですから」

「……不出来ではありませんよ。確かにあなたの胸は小さいし、お尻も大きくない。全体的にほっそりしています。しかし前にも言いましたが、女性として充分成熟していますよ」

ハインツはそう言うと、中指をディアナの秘処に這わせ、蜜口を指腹で撫でる。くちゅくちゅと淫猥《いんわい》な水音が立った。

「……っん」

「ニコラウスがたんに豊満な肉体が好みだっただけで、あなたに非があるわけじゃない」

ハインツはディアナのささやかな胸に唇を寄せ、触れるだけの口づけを落としていく。

「あなたの処女を奪ったと……そう思い、ニコラウスに嫉妬していました。あなたの身体にこうして触れるのは俺が初めで……嬉しい気持ちもある。けれど……この五年間、あなたがどんな思いで過ごしていたのかを考えると……複雑な気持ちになります」

ハインツは訥々と口にしながら、ディアナの肌に唇を這わす。

「俺の嫉妬なんて、あなたの苦しさに比べれば些細なものです。傍で支えると約束したのに、ニコラウスとの結婚を止められず、俺はあなたの手を放してしまった……」

悔いているのか、ハインツは低く掠れた声で言った。

ハインツが遊学した経緯はキッテル伯爵から聞いている。

ディアナとの婚約解消を彼が渋り続けていたならば、ボーレン家はキッテル伯爵、そしてハインツを排除していたに違いない。

「今、こうして約束を守ってくれている……それで充分です」

ハインツが今、傍にいてくれる。ディアナはそれがとても嬉しかった。

ディアナは胸元にあるハインツの黒髪を指で撫でる。

「ディアナ」

ハインツは胸から顔を上げ、ディアナの唇に唇を寄せてきた。

ディアナはハインツの唇を受け止め、彼の身体に手を回した。


ハインツは指と舌で、ディアナを二度、絶頂に導いた。

二度の絶頂のあと、ディアナは先日のように、ハインツの昂ぶった男性器に触れたのだが、シーツに飛び散るから――と、ハインツは最後まではさせてくれなかった。

『ナイトドレスを貸してください』

ハインツは焦った声で言い、ディアナの脱いだばかりのナイトドレスに自身の性器を包んだ。すぐに、びくりと震える。どうやら、ナイトドレスの中に射精したらしい。

「………お気に入りのナイトドレスでした」

ぐるぐるとナイトドレスを丸めているハインツをじとりと睨み、ディアナは言う。

「すみません。新しいナイトドレスを贈りますので」

ハインツは謝っているわりには平然とした口調で言い、ディアナの頬に唇を落とした。

ディアナはハインツの肩に手を置く。

行為の途中でハインツは雨で濡れた衣服を脱いでいた。髪はまだ湿っているが、肌は乾いている。

「……風邪をひいていなければよいのですが」

「すみません。自制できませんでした。寒気があるのならば、医師に言って薬を処方してもらいましょう」

「私は平気です。あなたが雨に濡れていたので……心配になっただけです」

「俺も平気ですよ。このまま……一緒に寝てもいいですか」

ディアナの返事を待たず、ハインツは身体を寄せてくる。

ハインツの肌は温かい。自分の肌も温かいのだろうか。

ディアナは温もりをハインツに与えるように、ぴたりと肌をくっつけて、腕をハインツの背に回した。

「……ディアナ、ひとつ訊いてもいいですか？」

ハインツがディアナの髪を撫でながら、言う。

「何ですか？」

「ニコラウスが交合しているのを見たと、先ほど言っていたでしょう？」

「……ええ」

「その相手……ニコラウスの恋人は……もしかして、マルグリット王太后陛下なのでは？」

ハインツの問いに、ディアナは目を閉じた。

あのときの光景が浮かぶ。

『あぁっ……ニコラウス……あっ、あっ』

女は甘くニコラウスの名を呼びながら、視線を盗み見ているディアナに向けた。

女の赤く濡れた唇が、弧を描いた。

「…………どうしてそう思ったのです？」

ディアナはハインツの胸に顔を寄せたまま、問いを返した。

「ニコラウスが……窮地に陥っているのに助けてくれないと、ある女性に対し愚痴をこぼしているのを耳にしました。てっきりその女性はあなたのことだと思っていたのですが……その女性とは交合しているとも言っていて……。あなたではなく、窮地に陥ったニコラウスを救える人物となると、マルグリット王太后陛下しかいないのではないかと思ったニコラウスとマルグリット王太后陛下は、従兄弟同士で幼い頃から親しかったそうですし、とハインツは続けた。

二人の情事を目撃したのは偶然ではなかった。

あの日、ディアナはマルグリットに呼び出され、『王太后の間』を訪ねたのだ。

しかし部屋には、マルグリットどころか侍女すらいなかった。

帰ろうとしたのだが、奥から声が聞こえ、ディアナはそちらに足を向けた。

そして、ディアナはマルグリットの寝室で、母と夫の交合を目撃した。

『あなたが女として不出来なせいでしょう』

後日、ディアナが問い質すと、マルグリットはそうせせら笑った。

未熟なディアナの代わりに妻の役割をしていたのか。

それとも、ディアナが女として不出来なため、ニコラウスが自分に心を移したと言いたかったのか。

真意はわからなかったが、わざわざ目撃するよう仕向けたのだ。マルグリットはディアナに、ニコラウスとの関係を知っていてほしかったのだろう。

王配と王太后が不適切な関係にあると広まれば、王家の醜聞《しゅうぶん》になる。

マルグリットもさすがに自分たちの行為が不道徳だと自覚しているらしい。周囲にそれとなく探りを入れたが、二人の関係は誰も知らなかった。

「ニコラウスは……王太后陛下と男女の関係にありました」

二人の関係を知ってから抱え込んでいた秘密を、ディアナはハインツに明かした。

「父にも黙っていたのですね。どうして告発しなかったのです？」

「醜聞になります。それに……二人が真に愛し合っているなら、それでよいと。いいえ、私が邪魔になっているとしたら、申し訳ないと思っていました」

ディアナがいる限り、二人は添い遂げることができないのだ。

「ディアナはお人好しすぎます」

ハインツは呆れたように言った。

そして……。

「二人は、いつから男女の関係にあるのです？　フロリアン殿下は、本当にモント王の血を引いているのでしょうか」

ハインツの続けた言葉に、ディアナはがばりと、半身を起こした。

「フロリアンが、ニコラウスの子だと？」

「フロリアン殿下は、モント王の面影がありません」

「似ていない親子は、たくさんいます」

ディアナは言い返しながらも、自身の心の奥底にあった『疑惑』をハインツにはっきりと言葉にされ狼狽していた。

「父は最期のとき、母の名を呼んでいたのです……。周りからは不仲のように思われていましたが、本当は仲睦《なかむつ》まじかったのだと思います」

父が亡くなったあの日。マルグリットはすぐには父の元に駆けつけなかった。

ニコラウスの葬儀で、マルグリットはディアナを『冷たい子』だと言った。けれどマルグリットも父の葬儀では平然としていた。

(仲睦まじかった？　本当に……？)

疑いたくなる気持ちを無視して、ディアナは「フロリアンは父の子です」と己に言い聞かせるように言う。

「ディアナ。すみません、眠る前にこのような話をして。今日はあなたも俺も疲れています。もう休みましょう」

ディアナの狼狽を察したのか、ハインツが穏やかな声で言い、ディアナに横になるよう促す。ディアナは彼の身体に身を委ねる。

「毒の件は、父を交えて話し合いましょう」

ハインツがディアナの背に腕を回し、言った。

マルグリットに対し、今後どう対処すべきか話し合わねばならない。監視の下、放置するのか。それともマルグリットを処罰、もしくは静養地に送るのか。

（とりあえずは……毒を誰が仕込んだのか、はっきりとした証拠を得なければ……）

マルグリット、フロリアン、そしてニコラウスのことを考えながら目を閉じた。

三人のこと、これからのことを考えると、気が重く、不安だった。しかし、大きな身体に包まれていると、その不安も徐々に消えていった。

◆　◇　◆

ディアナが『王太后の間』を訪ねたのは、それから三日後のことだった。

「何をするのです！　私にこんな真似をしてただですむと思っているのかしら！」

マルグリットは先に訪れた兵たちによって、床に押さえつけられ、両手首を縄で縛られていた。

ディアナの存在に気づくと、マルグリットが険しい眼差しを向けてくる。

「あなたが命じたのね！　母に、何という乱暴な真似をするの！」

「王太后陛下に椅子を」

ディアナが命じると、兵たちはマルグリットを椅子に座らせた。

「あなた方は外に」

「ですが」

「何かあれば、すぐに呼びますので」

マルグリットの両手首は縄で縛られ、椅子にくくりつけられていた。

ディアナを害することはできないと判断したのだろう、兵たちはディアナの命に従い退室する。

ガチャリとドアが閉まるのと同時に、ディアナは口を開いた。

「先日、私の靴に毒が仕込まれていました。毒を仕込むよう、命じたのはあなたですね」

「毒？　何のことかしら？」

「王太后付きの侍女から、あなたに命じられたとの証言を得ています」

マルグリットは悔しげに唇を噛んだ。

あれから、すぐに衣装部屋に出入りしていた者を調べた。

マルグリットの侍女が浮上し、問い質すと驚くほどあっさりと己の罪を認めた。

以前ならば、ボーレン家の報復を恐れ、決して口を割らなかったはずだ。

しかしボーレン侯爵は失脚した。マルグリットは気づいていないらしいが、彼女は侍女ですら掌握できない状況になりつつあった。

「どうして、あのような愚かなことを？　今、私に何かあれば真っ先に疑われるのは、あなたです」

「あなたが悪いのよ！　あなたが正統な王家の血筋であるフロリアンを差し置いて、女王で居続けようなんて！　恥知らずにもほどがあるわ！」

「私は……いずれフロリアンに王の座を委ねるつもりでいました」

ディアナの言葉に、マルグリットは鼻で笑った。

「嘘おっしゃい。キッテル伯爵の息子を王配を迎えて、子どもを作るつもりだったんでしょう？　あのときだってそう……あのときだって、あなたが浅ましい真似をした！」

「浅ましい真似？　私がですか……？」

意味がわからず問うと、マルグリットは鼻で笑う。

「ニコラウスを誘惑したじゃない。だから思い知らせてあげたのよ。ニコラウスは私のものだって！」

「誘惑などしていません」

まったく身に覚えがない。

ディアナの言葉に、マルグリットは目を剝いた。

「私が知らないと思っているの！　ニコラウス……ニコラウスは、フロリアンを王にするって……そう約束をしていたのよっ。なのになのに、このまま王配でいたいって、言い出したの！　それどころか、あなたとの間に子どもを作ろうとしていた！　私がそれに気づくと、言い訳をしていたけれど……あなたが、ニコラウスに王配のままでいたほうが得だって、そう言って誘惑したんでしょう！」

誘惑した、していない以前に、ニコラウスが自分と子どもを作ろうとしていたなど、信じられない。一度襲われはした。しかしあれ以来ニコラウスの自分への態度は、冷淡さを増した。

「ニコラウスは私に会えば嫌みばかりでした。子どもを作ろうとしていたと思えません」

「あなたに罰を与えたあと、話し合ったの。彼も、本当に大事なものは何なのかわかってくれたわ」

「……罰？」

「本当に運がいいわねえ。今回も、あのときも、死なずに生きているなんて！」

一年前、ディアナに毒を盛り暗殺しようとしたのも、マルグリットだったらしい。犯人として疑っていたうちの一人であったので、特に驚きはない。

「私を裏切ったら何をするかわからない。そう言ったら、ニコラウスもわかってくれたわ。私はニコラウスを許した……。それですべてが上手くいくはずだったのに。あなたがニコラウスを殺した」

「私は、ニコラウスを殺していません」

ニコラウスの国庫金横領に気づかなかったのは自分の落ち度だ。けれど、ハインツにも言われたが、罪を犯すと決めたのはニコラウス自身だ。自死も、ニコラウスが招いた結果である。

「私、知っているのよ？　あなた、ニコラウスを呼び出したでしょう？　私、あの人が死ぬ少し前に会ったの。彼、レハール王国から逃亡できる伝手があるって、そのために礼拝堂で懺悔が必要だと言っていたわ。捕まるのが怖かったのね……私はきっとお父様が助けてくださるから信じて待つべきだと諭した。彼も納得したと思ったのに。可哀想なニコラウス。あなたが呼び出したんでしょう？　信じて、欺かれて、殺されてしまった！」

マルグリットは悲嘆に暮れるように、天を仰いだ。

（礼拝堂で懺悔……。ニコラウスは誰かに呼び出されていた……？）

ディアナは母の言葉に驚きながらも、口を開く。

「……私を疑っておられるなら、どうしてニコラウスが呼び出されていた件を明かさなかったのですか？　それが事実ならば、ニコラウスの死は自死扱いされなかったかもしれません」

「呼び出されていたと話して、私が殺したと思われたら困るもの！　私は無関係よ！　ディアナ、大人しく罪を認めなさい。あなた、ニコラウスから愛されなかった腹いせに、彼を殺したのでしょう？」

母はぎろりとディアナを睨みつけた。

国のため。権力を取り戻すために殺したのだと疑われるのなら、まだわかる。

しかしマルグリットは、ディアナがニコラウスに愛されなかったから殺害したと訴えているのだ。ディアナはそんな母が愚かで憐れに見えた。

母は次期王妃になるべく、教育を受けていた令嬢だった。

そして同年代の令嬢たちより一際美しく聡明だった母は、父に請われ王妃となる。

(もしも父と結婚していなかったら……こんなふうにはならなかったのだろうか……)

考えても仕方のないことを思った。

「あなたも、愛されなかった腹いせに自分の夫を殺したのですか?」

ディアナの問いに、マルグリットの顔から表情が消えた。

そしてゆっくりと瞬きをしたあと「違うわ」と言った。

「愛されなかった腹いせではなかったのならば……妊娠を知られたくなくて、陛下……お父様の毒殺を試みたのですね」

「……あなた、何を言っているの? 私を貶めようとしているのね」

マルグリットは片方の口端だけ上げる。微笑みに失敗したような、奇妙な表情だった。

精神が不安定な状態になっているのか、先ほどまではディアナが訊いていない『罪』まで平気でペラペラとしゃべっていた。

けれどその『秘密』だけは、さすがに話してはいけないと思っているようだ。

——毒針による暗殺未遂事件の翌日。

宮廷医がディアナの元を訪ねてきた。

ディアナに身体の変化は特になかった。ただ、心配していたとおり、雨に打たれたハインツは風邪をひいてしまっていた。

風邪の症状があるのでハインツを診てほしいと、ディアナは宮廷医に頼んだ。

宮廷医は快く引き受ける。

そして逡巡するように眼差しを揺らしたあと、先王に関する秘密を明かした。宮廷医は『少しよろしいでしょうか』と言い、先王に関する秘密を明かした。

「あなたが私を出産したあと、お父様は趣味の鷹狩りに行き、落馬をされたそうです。命に別状はなかったのですが、男性機能に障害を負ってしまいました」

「あなた……何を言っているの……」

マルグリットが目を瞠る。

父には兄弟がいない。王家の直系は、生まれたばかりのディアナだけだった。

だからこそ祖母はディアナを女王にすべく、厳しく育てていたのだ。

「お父様は子を作れぬ身体になっていました。……フロリアンはお父様の子どもであるわけがないのです」

父の障害は秘密にされていた。知る者は、祖母と宮廷医だけ。

祖母と父が亡くなり秘密を知る者は宮廷医のみになった。

宮廷医はフロリアンが王の子ではないと知っていながら、五年間ずっとその秘密を守り続けた。その理由はモルト王の名誉を守るためではなく、己の保身であった。

フロリアンが不義の子だと公にすれば、マルグリットは相応の処分をされる。だが、ボーレン家は批難されるだろうが権力までは失わない可能性が高い。

宮廷医はボーレン家に報復されることを恐れて口を噤んだのだ。

多くの弟子たちを路頭に迷わせるわけにはいかなかった——と、宮廷医はディアナに頭を下げた。

『ニコラウス殿下の死とボーレン家の失脚により、女王陛下の身を害する者はいなくなりました。無事王配殿下も迎えられましたし、わざわざ明かす必要はないのではと、悩んでおりました。今まで黙っていて、申し訳ございません』

真実を明かせば、今度はなぜ黙っていたのだと追及される。ボーレン侯爵の失脚のあと口を噤んでいたのは、それを恐れていたからだろう。

しかしディアナの命が再び狙われ、さすがに黙ってはいられなくなったらしい。

宮廷医は、フロリアンが先王の血を引いておらず王位継承権がないことを公にするつもりだと言った。しかしディアナはそれを待つよう宮廷医に命じた。

「いずれ、このことは公表されます。その前に……あなたの口から、真実を明らかにしてほしいのです。フロリアンのためにも」

マルグリット自身が己の罪を悔いて告白するほうが、批難は少なくなる。

夫が障害を負っていたと知ったマルグリットは、ディアナの言葉など耳に入っていない様子で呆然としていた。

「そんな……あの人が子を作れぬ身体だったなんて……だからあの人は、私と閨をともにするのを拒んでいたと……そう言うの？」

マルグリットは青ざめ、震えた声で呟いた。

「……お父様は病床で……お母様、あなたの名前を呼び……謝っておいででした」

亡くなった父の本当の気持ちはわからない。けれど……父は、自身の秘密を守りたいがゆえに、母を孤独にしたと後悔していたのではないかと、ディアナは思った。

「今更、そんなことを言われても困るわ。だって、あの人が愛してくれないから……あの人が、母親にばかり気を遣って、私を見てくれないから……だから私は寂しくなってニコラウスに縋ったのよ。なのに……っ。そんな事情があったのなら、話してくれてもいいじゃない……話してくれていたなら、私は……」

「話してくれていたならば、ニコラウスと不義は犯さず、暗殺も企てなかったのですか？」

ディアナが話を促すと、マルグリットの亜麻色の瞳から涙がこぼれ落ちた。

「不義を知られるわけにはいかなかったのよ！　妊娠が知られたら、裏切りが知られてしまう。フロリアンを産むため、あの子を守るためには、あの人を殺すしかなかったのよ」

正直に不義を父に明かしていたなら――。

病床で謝罪をしていたくらいだ。離縁をするか、それとも不義を己の心の中に秘めておくか。いずれにせよ、父はマルグリットを責め立てることはしなかった気がした。

マルグリットは嗚咽《おえつ》をこぼす。

ディアナはマルグリットに近づき、恐る恐る震える肩に手を置いた。

こうして自分から母に触れるのは初めてかもしれない。

母の肩は、細く頼りなかった。

「私はいったい……どうしたら……ああ……」

普段の母なら、ディアナが触れたら怒っていたはずだ。

けれど今は、か細い声で嘆くだけだった。

母は父を愛していた。だからこそ、闇を拒むようになった父が許せず、罪を犯した。

そんな母を憐れに思う。けれど……母の中の悲しみや罪悪感を、軽くしたいとは思わなかった。

毒を幼い頃から摂取していたのは、ディアナだけはない。父もまた幼い頃から毒を摂取していた。

そう、父も毒の耐性があるのだ。よほど強力な毒でなければ、少しくらい摂取したところで死に至りはしない。

父は周りには隠していたが、死病を患っていたと宮廷医に聞かされた。薬で症状を抑え込んでいる状態だった。己の死期を父は察していたという。

毒が死期を早めた可能性は否めない。しかしどちらにしろ、父は近いうちに死ぬ運命だった。

その事実を知れば、マルグリットは多少なりとも救われるだろう。

「後悔しても、罪は消えるわけではありません。けれども悔いた先に、救いがあるかもしれません。どうか、お母様。己の犯した罪を、生涯悔い続けてください」

母と和解したいと願っていた頃もあった。母子として、穏やかな関係をいつか築けたらとも思ってもいた。

けれど、不思議と今はまったくそういう気持ちにならなかった。

ディアナは穏やかな声でマルグリットを諭し、彼女に修道院行きを勧めた。

◆◇◆

フロリアンはモルト王の実子ではなかった。

ディアナは風邪で寝込んでいたハインツにそう告げ、マルグリットは修道院へ行くことが決まったと話した。

ハインツは嗄《か》れた声で『もしや一人で話し合いに行かれたのですか？』と問うてきた。

『何もなかったですし、あなたが風邪で寝込んでいるのが悪いのです』

ディアナが答えると、不満顔をしながらも黙っていた。

ハインツと結婚してちょうど一ヶ月後。フロリアンの件を民や臣下たちに公表した。

マルグリット自ら公表するかたちを取った。

父を毒殺しようとしたことは伏せ、ディアナの暗殺未遂、フロリアンがモント王の実子でない件を明かした。

かなりの醜聞になり、マルグリットを嘲るだけでなく、フロリアンの父が誰なのか詮索する者たちもいた。

父親は公表していないが、ちらほらとニコラウスの名を挙げる者もいる。

醜聞はしばらく収束しそうになかったが、こればかりはどうしようもなかった。

母はすでに、国境付近にある修道院で暮らしている。

マルグリットは憑《つ》きものが落ちたようにしおらしくなっていて、王宮を出る際には、フロリアンを頼むと、ディアナに頭まで下げていた。

念のため見張りをつけているが、修道院でも穏やかに過ごしているらしい。

その日、入浴を終えたディアナはいつものように夫婦の寝室へと向かった。

少し待っていると、ノックの音のあとハインツが顔を覗かせる。

ベッドの上で他愛のない話をしていると、ふとハインツが思い出したように口を開いた。

「陛下の対応の早さに、みな感心しておりましたよ」

ハインツは昼間、キッテル家が懇意にしている農園を訪れていた。その農園は、先の嵐により、作物に被害を受けていた。

ディアナは早々に、被災した農家に補助金を配っていた。どうやらそれについて、いたく感謝していたらしい。

補助金を配るのを民のご機嫌取りだと、反対する声もあった。しかし、レハール王国は農業国だ。彼らへの援助は、いずれ国益につながる。

「キッテル伯爵が賛同し、反対派を黙らせてくれたおかげです」

「宰相なんですから、女王陛下の意見に賛同するのは当たり前です。ディアナ」

ハインツが朗らかに笑い、ディアナの名を呼ぶ。

ちらりと視線を向けると、ハインツが唇を寄せてきた。ディアナは目を閉じ、ハインツの唇を待った。

「ディアナ、疲れていますか？」

触れ合わせるだけの優しい口づけのあと、ハインツが訊いてくる。

ディアナは首を横に振る。

「少しだけ、触れていいですか？」

マルグリットの件以降、日々忙しなくしていた。

そのため、前戯をせず眠ることが多かった。こうして求められるのは、ずいぶん久しぶりな気がした。

「どうぞ……いえ……」

「やはり疲れていますか。なら、何もしませんよ」

「違います。少しだけ……ではないものをお願いしたいのです」

「少しだけではないもの？」

ハインツが不思議そうに見つめてくる。

はっきりと伝えないとわからないのだろう。

「私と、交合してください」

ディアナの言葉に、ハインツは不思議そうな表情のまま固まった。

「私は女王として子どもを作らねばなりません。この未熟な身体では子どもができにくいのかもしれないし、そもそも交合したところですぐに子ができるとは限りません。けれど挑戦しなければ、永遠に子はできません」

フロリアンが父の子ではないと明らかになった今、ディアナは王家存続のためにできるだけ早く子を授からねばならなかった。

レハール王国のため、シュトイデ王家のため、そしてフロリアンのためにも。

「私に子ができないままだったら、不義の子であっても、フロリアンを担ぎ出そうとする者が出てくるかもしれませんから」

「王家に子が必要なのはわかります。けれどディアナ、そう急がなくとも」

「子どもを作りたくないと言っておきながら、身勝手だとわかっています。それとも……私と子作りするのが嫌なのでしょうか」

「嫌なわけないでしょう」

ハインツは溜め息交じりに言い、ディアナを抱き寄せた。

「俺は、あなたを抱きたいです。交合したい。けれどあなたは、フロリアン様のため、王家のため……。俺と交合したいのは、女王としてでしょう？　それが、少し寂しい」

「確かにフロリアンのためであり、王家のためです。けれど……もしあなたが相手でなければ……私は今ほど高揚していないと思います」

ニコラウス相手だったら……心は凍え、身体は恐怖で竦んでいただろう。

「高揚しているんですか？」

「はい。……緊張と、期待で、胸が弾んでいます」

「本当だ……。いつもより、頬がほんのり赤いです」

ハインツの大きな掌がディアナの頬を撫でた。

「あなたはどこもかしこも小さい。痛いかもしれないけれど……優しくします」

ハインツはそう言うと、ディアナにのし掛かってきた。

ディアナはハインツの逞しい身体に、身を委ねた。

口づけをしながら、互いの衣服を脱がせ合う。

そうしてお互いに生まれたままの姿になると、ハインツはもどかしくなるくらい、ディアナの身体を丹念に愛撫した。

ディアナの肌に、くまなくハインツの指が這う。硬くなった乳首はしつこく舐めしゃぶられた。

ハインツの愛撫に慣れた身体は、さらなる快楽を求め、熱く火照っていく。

ハインツが両膝を立てたディアナの脚の間に入り込んだときには、触れられてもいないというのに、そこは甘い期待でぐっしょりと濡れそぼっていた。

「ああ……こんなにたくさん濡らして……でも、もっと濡れたほうが、楽かもしれませんね」

ハインツは掠れた声で言うと、指をディアナの秘裂に沿って動かした。

「あっ……ん」

「大丈夫です。すぐには挿入しません。ゆっくり慣らしていきましょう」

ハインツが指腹でくるくると円を描くように蠢く。くちゅくちゅと淫音が立った。

「……う、上手く入るでしょうか……」

ハインツの男性器は太く長い。交合を望んだのは自分だというのに、あれを受け入れることができるのか、と自信がなくなってきた。

「まずは小指で、慣らしていきましょう」

ハインツはそう言うと、ディアナの眼前で小指を立ててみせた。

ディアナの細い指とは違い、ハインツは小指でさえも長くごつごつしていた。

少し怖いが、小指が入らなければ、男性器など到底入らない。

ディアナは覚悟を決め「どうぞ」と言う。

ディアナの中に、ハインツの小指がゆっくりと入ってくる。

「……んっ」

「ディアナ、痛いですか」

ディアナは首を横に振る。

異物感はあるものの、痛みはなかった。

「今、第一関節まで挿入しています」

「そ……そうですか……」

先ほど見たばかりのハインツの指が、自身の身体の中にある。意識すると、そこがきゅっとうねった。

「可愛いな……俺の指を締めつけてきた……。第二関節まで入れてみましょう」

「……っ」

先ほどより、深く挿入される。

「どうですか？　ディアナ」

「どう……？」

「痛いですか？」

「思っていたほど……痛くはありません……」

「そうですか。なら、次は中指に挑戦してみましょう」

そう言うと、身体の中の異物感がなくなった。少し寂しいような気持ちになり、ディアナは脚の間にいるハインツに視線を向けた。

「…………っ」

ハインツは、先ほどまでディアナに挿入していた自身の小指を口に含んでいる。

なぜ指を舐めているのか。文句を言おうと開きかけた口が「あっ」と弾んだ。

再びハインツがディアナの中に指を入れてきたのだ。

そして挿入と同時に、ぐりっとディアナの快楽の尖りを親指の腹で優しく押しつぶしてきた。

「だめ……あっ……」

「痛い？」

痛くはない。

「指、一緒にしては……あ、駄目、ですっ……」

「一緒にしたほうが、気持ちよくなれるでしょう？　ひくひくと、俺の指を食い締めてきていますよ」

「そこ触られると……勝手に、締めつけて……しまうのです……」

「本当だ。ここを撫でると、中がうねる……」

「あっ……ん、やぁっ……」

指とは違う感触が尖りに触れる。

中指を挿入したまま、ハインツはディアナの尖りを舌で舐め始めた。

ハインツは舌先を蠢かしながら、同時にディアナの蜜孔にある指を前後に動かす。

舐められて気持ちよいのか、指を抜き差しされて気持ちよいのか。だんだんとディアナはわからなくなってきた。

「ああっ……」

ちゅっと尖りを吸われ、激しい刺激に腰が浮く。ディアナはそのまま快楽を極めた。

「次は二本、指を入れてみましょう」

絶頂の甘い余韻に浸っているディアナから指を抜き、ハインツがそう告げてくる。

舌を出し己の中指を舐めているハインツの姿に、ディアナはぞくりとしながらも、慌てて制止した。

「もういいです。もう挿入してください」

「ですが、まだ慣らさないと」

「もう、大丈夫ですから」

ディアナの言葉に、ハインツは小さく息を吐き、ディアナの手を取る。そして、自身のそこにディアナの指を触れさせた。

「まだ慣らさないと、駄目でしょう?」

ハインツの男性器は硬くなり、先端を上に向けていた。

男性器への恐怖を感じたのは一瞬だけ。苦しげに見えるほど張り詰めたハインツの男性器を早く楽にしてあげたいと思った。

「大丈夫です。これが、欲しい」

「……っ」

ハインツは眉を寄せるとディアナの脚を先ほどよりも広げ、その間に身体を入れてくる。

指よりも、大きく熱く硬いものが、そこに宛がわれた。

「ディアナ、好きです。愛してる。痛かったら言ってください。すぐにやめます」

ハインツは譫言のように早口で囁き——ぐっと腰を進めた。

「あっ、ううっ……ん」

指とは違う、圧倒的な異物感にディアナは呻く。

身体の奥が、ハインツに暴かれていく。

想像していた以上の痛みと、圧迫感に、ディアナはハインツの腕に爪を立てた。

「……っ、ディアナ、大丈夫ですか？」

決して大丈夫ではなかったが、ディアナは首をぶんぶんと横に振った。

苦しく痛いけれど、ハインツが欲しい。彼を自分の身体の一番深い部分で感じたかった。

「もっと……大丈夫ですから……」

「ディアナっ……」

「……ん、んん……」

ぐ、ぐっと少しずつ、大きなそれがディアナの奥へと侵入してくる。

「う……あ……全部入りました。ディアナ。……っ……痛いですか？　とりあえず、今日はここまでにして、抜きましょうか……？」

ハインツが掠れた声で訊いてくる。

「いいえ……抜かないで……」

お腹の深いところに、熱く硬いものを感じる。

自分でも、ハインツを受け入れることができた。ハインツとひとつになれた。それが誇らしく、嬉しかった。

「上手く、できていますか……?」

自分だけでなく、ハインツも喜んでくれているだろうか。

心配になり、ハインツを見上げる。

ハインツは苦しげな表情で、じっとディアナを見下ろしている。

「上手くできていますよ。あなたの中、ぎゅうぎゅう俺を締めつけている。少しキツいですけれど……気持ちいいです。動かなくても、出てしまいそうだ……」

ハインツは頬を染め、双眸を情欲で濡らしていた。

普段とは違う、甘く色気のある表情だ。

自分がハインツにそのような表情をさせている。そう思うと、胸が弾んだ。

(もっと……もっと気持ちよくなってほしい)

「出してください」

ディアナは両腕を伸ばして強請る。

覆いかぶさってきたハインツの逞しい身体をディアナは抱きしめた。

身体の奥にあった硬いものが、ゆっくりと前後し始める。彼の動きに合わせ、ずちゅずちゅと水音が立った。

「あっ、ん……ああ」

ディアナはハインツの動きに合わせ、声を弾ませた。

触れ合った肌と、身体の奥で、ハインツの温もりを感じる。身体だけでなく、心までもが熱く、蕩けていくようだった。

(——ニコラウスを礼拝堂に呼び出したのは、誰……?)

ハインツの熱を感じながら、ディアナはふと思った。

マルグリットはニコラウスが何者かに呼び出されていたと言っていた。

母の言葉が真実ならば、ニコラウスは国外に逃亡するつもりだったのだ。

——ニコラウスのような男が、罪を悔い、自らの意思で崖に身を投げたりするだろうか?

ずっと疑問に思っていた謎が、するすると解けていく。

『ニコラウスが……窮地に陥っているのに助けてくれないと、ある女性に対し愚痴をこぼしているのを耳にしました』

以前、ハインツはそう言っていた。

(彼はいつどこで、ニコラウスが話をしているのを聞いたのだろう)

ニコラウスが窮地に陥ったのは、国庫金横領の件が広まってからだ。その頃に、ハインツはニコラウスと会ったのだろうか。

(今になっては些細なことだけれど……)

マルグリットもあの様子ならば、終わったことを今更蒸し返したりはしない。もし蒸し返すようならば――。

小さな疑惑を、ディアナは頭から追いやり、薄らと微笑む。

「ディアナ、ディアナ、愛している」

甘やかな声で名を呼ばれながら、最奥を穿たれる。熱い飛沫がディアナの身体を満たした。

ディアナは充足感に身体を震わせながら、ハインツを強く抱きしめた。

終章

今までのように、フロリアンを王子として扱うわけにはいかない。

王族でなくなったフロリアンは、住まいを王宮からキッテル伯爵家へと移していた。

ディアナの頼みで、キッテル伯爵がフロリアンの後見人を引き受けてくれていたのだ。

母親が消え、暮らしも変わったというのに、フロリアンは涙も見せず気丈に過ごしているという。

無邪気な子どもだとばかり思っていたが、フロリアンは聡《さと》い子だった。幼いながらも、己の置かれた立場も理解していた。

「あねうえ……、いえ、女王へいか」

キッテル伯爵家に身を寄せているフロリアンを、ディアナは訪ねた。

ソファに座り絵本を読んでいたフロリアンは、ディアナに気づくと絵本を閉じ立ち上がった。そして、舌足らずな声でディアナをそう呼んだ。

「二人きりのときは姉上でかまいません」

「でも……」

「たとえ父が違ったとしても、あなたは私の弟です」

ディアナの言葉に、フロリアンの強張った顔が少しだけ緩んだ。

「あねう……っ！」

姉上と言いかけたフロリアンは、慌てた様子で口を押さえた。

ディアナの背後にハインツが立っているのに気づいたようだ。二人きりではないと知り『姉上』と呼ぶのをやめたのだろう。

「彼の前でも、姉上と呼んでも大丈夫ですよ」

ディアナはそう言って、フロリアンの柔らかな茶色い髪を撫でる。

「俺のことも兄上と呼びますか」

ハインツは朗らかに言い、フロリアンの前で立ち止まる。身を屈め、フロリアンと目線を合わせた。

「……あにうえ？」

フロリアンが、もじもじしながらハインツを呼んだ。

「姉上の言うことをよく聞いて、学んでください。フロリアン様が姉上を大事にしてくれるなら、俺もずっと兄としてフロリアン様を大事にします」

まるでディアナの言うことを聞かなければ、大事にしないと脅しているようにも聞こえた。けれど素直な異父弟は「はい、あねうえのいうことをよくききます」と答えた。

ハインツと結婚し、半年の月日が流れていた。

フロリアンに王位を譲れなくなった今、ディアナは女王として国を導いていかなければならない。

覚悟を決めて、今まで以上に努力をしている。しかし、すぐに上手くいくわけではない。

相変わらずキッテル伯爵の世話になりっぱなしだ。ハインツにもよく相談に乗ってもらっている。

議会では自分の意見を通すより、臣下たちの意見を聞いてから答えを出している。

不甲斐ないと落ち込むこともある。けれど少しずつ、ディアナを支えようとしてくれる者が増えてきたように思う。

(この国とこの国に住む者たちにとって、善き女王になっていきたい。民と臣下、フロリアン、ハインツのためにも……そして……)

先日、脈診で妊娠の兆候があると宮廷医に告げられた。

ハインツにはもう少しはっきりしてから、伝えるつもりだ。

「私の傍で私を支え続ける……あの約束を守ってくれてありがとうございます」

キッテル家から王宮に戻る馬車の中で、ディアナは礼を口にした。

「どうしたんです、改まって。というか、まだどうなるのかわかりませんよ。お礼を言うのは、俺が死の床についてからにしてください」

ハインツは冗談めかして返す。

「それは嫌です。あなたを看取りたくないです」

冷たくなったハインツを見たくない。

「俺はしつこいんで。死んで、お化けになっても、ディアナの傍にいますよ」

「お化けは空想上の生き物です。現実にはいません」

「まあ……そうかもしれませんけど……」

「でも……空想上の生き物でも、あなたがずっと傍にいてくれたら嬉しいです」

お化けであろうが、空想上の別の生き物であろうが。中身が空っぽのかぼちゃ頭であろうとも。

誰かの血でその手が濡れていようとも、ディアナはかまわない。

ハインツに傍にいてほしいと思った。

「傍にいますよ。あなたの傍で、あなたをずっと支え続けます」

ハインツは優しい眼差しでディアナを見つめ、そう言った。

あとがき

こんにちは。または初めまして。イチニと申します。

このたびは拙作をお手に取っていただき、ありがとうございます。

夫の葬儀あと、現れたのは――から始まる再会モノのお話です。

感情を顔に出さないちょっと天然なヒロインと飄々とした敬語ヒーロー。二人を主役に、重いストーリーを、できるだけダークにならないように……と思いながら書きました！

王配も再会モノも好きなので、機会があればまた挑戦したいです。


イラストはなおやみか先生が担当してくださいました。

麗しい二人を何度も見返してはニヤニヤしておりました。お忙しい中、ありがとうございました。担当様、たくさんご迷惑をおかけしました。すみません。そしてありがとうございます。

出版に携わってくださった方々にも感謝を。

最後に、この本を手に取ってくださった皆様にも、心よりお礼申し上げます。

イチニ

Sonya ソーニャ文庫の本

『聖王猊下の箱入り花嫁』　イチニ

イラスト 森原八鹿

頭上に天使の輪が見えます……さては翼も隠しているのでは?

父王に虐げられ、城の北翼で近衛隊と暮らすギゼラ。隊長のエリアスは無口だが、厚い忠誠心から主君賛美を滔々と語りだす癖がある。その饒舌さに隊員達とあきれる毎日は幸せだったが、ある日ギゼラに政略結婚の王命が下るとエリアスの様子が変化して……?

Sonya

『寡黙な近衛隊長は雄弁に愛を囁く』　最賀すみれ

イラスト　如月瑞

この本を読んでのご意見・ご感想をお待ちしております。

◆ あて先 ◆

〒101-0051
東京都千代田区神田神保町2-4-7 久月神田ビル
㈱イースト・プレス　ソーニャ文庫編集部
イチニ先生／なおやみか先生

人形女王《にんぎょうじょおう》の婿取《むこと》り事情《じじょう》～愛《あい》されているとは思《おも》ってもいませんでした。

2023年5月6日　第1刷発行

著　　者　イチニ
イラスト　なおやみか
装　　丁　imagejack.inc
発 行 人　永田和泉
発 行 所　株式会社イースト・プレス
〒101－0051
東京都千代田区神田神保町2－4－7 久月神田ビル
TEL 03－5213－4700　FAX 03－5213－4701
印 刷 所　中央精版印刷株式会社

ISBN 978-4-7816-9747-5
定価はカバーに表示してあります。